项明生

足足五千年

生活·讀書·新知 三联书店 生活書店 出版有限公司

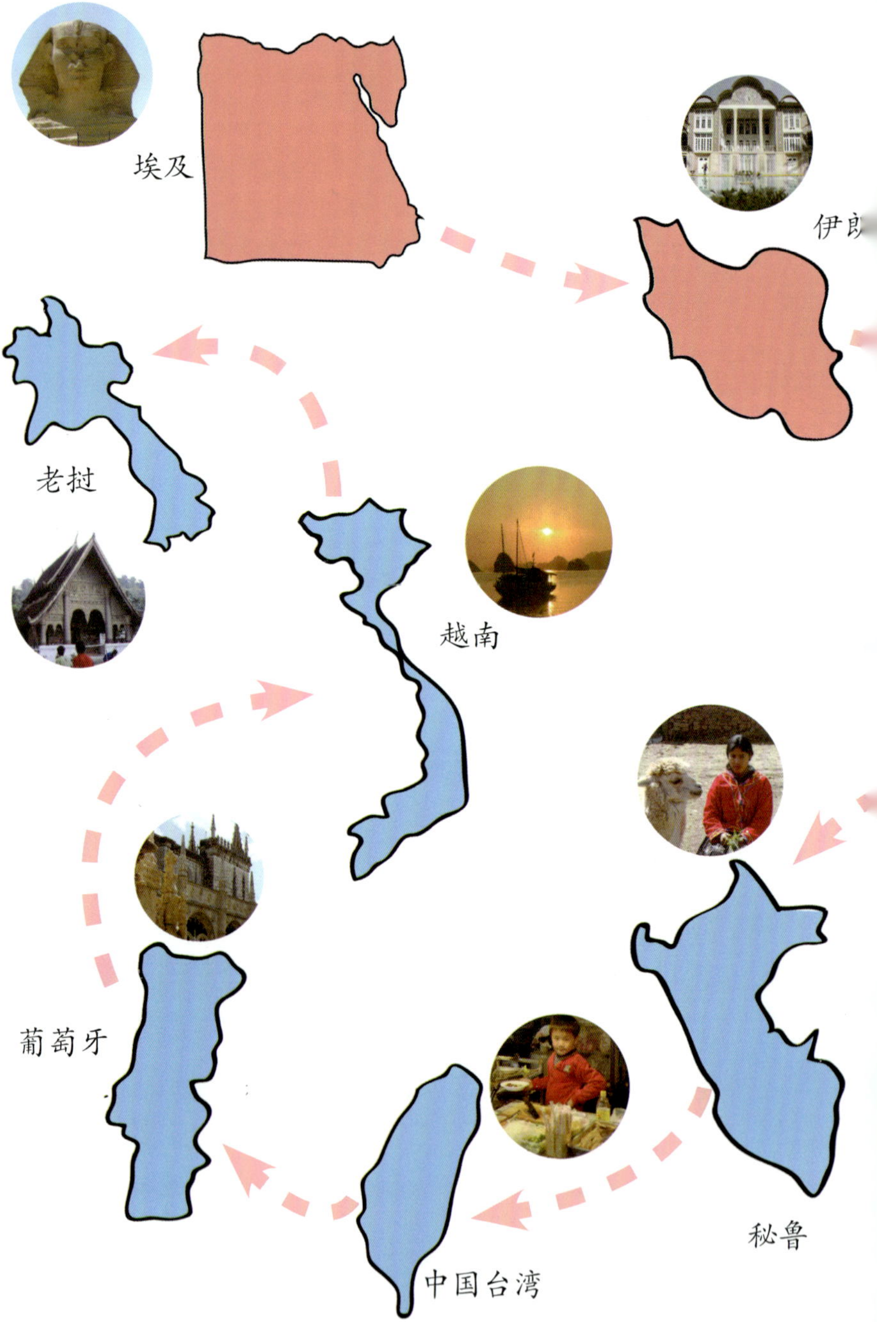
埃及
伊
老挝
越南
葡萄牙
中国台湾
秘鲁

印度尼西亚
缅甸
日本
柬埔寨
泰国
斯里兰卡
西班牙

			航海大发现 & 欧洲殖民时期
泰国	1522 年	麦哲伦舰队抵达东南亚。该舰队首次完成人类环航地球的壮举。	明嘉靖（1521 ~ 1566 年）嘉靖皇帝闭关锁国，迷信方士，尊崇道教，好长生不老之术，传说因服仙丹中毒而死。在位期间，葡萄牙人在 1553 年入居澳门。
印加	1532 年	西班牙航海家皮萨罗『Pizarro』发现秘鲁的印加王国。	明嘉靖（1521~1566 年）嘉靖皇帝沉迷道教，1534 年（嘉靖十三年）后即不理朝政。
日本	1543 年	葡萄牙人登陆日本的种子岛，时值日本战国时代。	明嘉靖（1521~1566 年）1542 年起，首辅严嵩专国 20 年，吞没军饷，废弛边防，招权纳贿，肆行贪污。
台湾 中国	1545 年	葡萄牙人发现台湾，呼之为『美丽岛』（葡语 Formosa）。	明嘉靖（1521~1566 年）吏治败坏，爆发多起农民起义，边事废弛。
葡萄牙	1553 年	葡萄牙人以曝晒被水浸湿的贡物为理由，登陆澳门。	明嘉靖（1521~1566 年）闭关锁国，欧洲传教士未能获准进入中国传教前，均停留在澳门。
越南	1849 年	法国殖民越南。	清道光（1821~1850 年）1842 年，清朝在第一次鸦片战争中被英国打败，并签订《南京条约》，将香港岛连同邻近的鸭脷洲正式割让给英国。
日本	1868 年	日本明治天皇继位，全面西化及现代化，脱亚入欧，是为明治维新。	清同治（1862~1874 年）经过两次鸦片战争，清朝从天朝的美梦中惊醒，痛定思痛，意欲图强，开始『师夷之长技以制夷』的『洋务运动』，比日本『明治维新』还早七年。但在第一次中日战争（甲午战争）中证明日本改革成功，中国改革失败。
老挝	1887 年	法属印度支那正式成立，包括今越南、老挝和柬埔寨，首府位于河内。	清光绪（1875~1908 年）1888 年光绪大婚，翌年亲政，北洋水师成立，由慈禧太后垂帘听政。1900 年义和团提出『扶清灭洋』，随后八国联军攻入北京。

目录时间表

地区	时间	瞬间看历史		回看中原大地
埃及	公元前 3000 年 ~ 前 2000 年	尼罗河文明：公元前3100年左右，埃及形成统一国家，成为人类文明的发源地之一。	古文明	公元前3000年，中国还没有统一王朝或国家形成，处于传说中的黄帝时期。
波斯		两河流域文明：公元前3000年出现奴隶制城市国家；大流士一世登基后建立世界第一个帝国——波斯。		
缅甸	公元前 2000 年 ~571 年	公元前324年，孔雀王朝阿育王将佛教传播到印度以外。	宗教诞生	时为中国战国时期。
印尼		公元前563年，释迦族的王太子释迦牟尼出生，35岁创立佛教。 571年，穆罕默德出生于麦加。他创立了伊斯兰教，现在最大的伊斯兰国家是印度尼西亚。		公元前551年，孔子出生。他创立了儒家。 公元前139年，张骞出使西域，开拓丝绸之路，传入佛教。 386 ~ 589年， 中国处于分裂的南北朝时期，由印度传入的佛教盛行，曾发生过两次灭佛运动。
日本	公元元年 ~10 世纪	607年，日本建成法隆寺，为世界现存最古老的木构建筑。南美洲的玛雅文明进入鼎盛期，修建过金字塔。	中世纪	630 ~ 894年，日本在200多年间均派出使节前往唐朝学习，是为『遣唐使』。
柬埔寨	11 世纪 ~15 世纪	1000年，高棉王国建设吴哥窟。同期南美洲的玛雅文明神秘消失。印加王国的前身蒂亚瓦纳科帝国兴起。		北宋（960 ~ 1127年） 工商业科技发达，发明指南针、火药和活字印刷术。
西班牙	1492 年	哥伦布由西班牙航至新大陆——命名为『美洲』。		1405年，三保太监郑和下西洋，宣昭颁赏，早过欧洲航海大发现90年。1433年航行结束。
斯里兰卡	1497 年	达伽马航至斯里兰卡。		郑和死后，明朝实施海禁，管制造船，闭关锁国。

图书在版编目（CIP）数据

足足五千年 / 项明生著 . — 北京：
生活书店出版有限公司，2015.1
ISBN 978-7-80768-051-2

Ⅰ . ①足… Ⅱ . ①项… Ⅲ . ①游记 – 作品集 – 中国 – 当代
Ⅳ . ① I267.4

中国版本图书馆 CIP 数据核字（2014）第 125552 号

策 划 人　李　娟
责任编辑　如　月
装帧设计　罗　洪　郭玥瀚
责任印制　常宁强
出版发行　生活书店出版有限公司
（北京市东城区美术馆东街 22 号）
邮　　编　100010
经　　销　新华书店
印　　刷　北京彩云龙印刷有限公司
版　　次　2015 年 1 月北京第 1 版
2015 年 1 月北京第 1 次印刷
开　　本　889 毫米 ×1194 毫米　1/32　印张 9.125
字　　数　150 千字　图片 310 幅
印　　数　00,001–15,000 册
定　　价　48.00 元
（印装查询：010–64052066；邮购查询：010–84010542）

推荐序

项明生的行装：大爱和信任

素黑 / 香港著名心性疗愈师作家

项明生是我极少数希望能和他交换身份的朋友。

我是那种因为笨和没方向感，偶尔在途中会遇上麻烦事的浪人。小时候曾经因为想更方便地出走，很想做个男人，当然，是像样的那种男人。

说笑而已。其实，我是想表达对项明生可以放下一切，投身去旅行的决心和行动的敬佩。

这位和我同年同日不同月出生的好朋友，我都忘了是如何认识他的。我可以粗心到记不起他誉满全城的、了不起的事业头衔，也可以搞乱了这个传奇人物得过什么风光奖项，出席过多少场千人演讲会，分享过在哪个国家哪个村庄感动过他也打动过读者的故事。看过他在电视上和大明星一起主持巴西游踪，却居然忘掉到底是哪些明星哪些景点哪些趣事。

不是因为我对他去过、介绍过的地方都没心没肺，而是，怎么说呢，他隐藏着一种特有的感染力，而最能呈现这感染力之处不是他的文字，甚至不是他的旅程点滴，而是，他的笑容。只有把整个生命单纯地、毫无保留地献给旅途，卸下自我，走在未知上，相信会遇见更多更美的风景的人，才能散发这种属于天真、谦虚和丰盛的笑容。这笑容的背后，是对自己、对世人和对地球满满的大爱和信任。

大爱和信任，就是项明生的行装，它深深打动了我。

我是完完全全被这个人在旅途中的笑容，和他有时有点乱又乱得够动漫的流浪发型征服了。能撑得起这个笑容、这个发型的条件，是他保卫了他那个年龄和社会名誉经常会世俗地被压抑、出卖或遗失的可爱和信念。而他拥有的这份心里开花的童真、热情和对人对地球的爱，令他出走时的面容和姿势都跟别人不一样。同样的旅程，同样的航班，同样的酒店，同样的路线，同样的世界，却是 300% 不一样的风情。

到底有怎样的心胸和气量，才能散发这种能溶化地球的笑颜？我想那正是他能“放下”的胸襟。项明生大可继续在高薪厚职中打滚，但他选择在丰收之年全身心投入去浪游，因为他明白什么才是真正的财富。

项明生的游记，说白了，就是一幅记录笑容和爱的地图，从印度到巴西到朝鲜到南北极到天涯海角的笑印，笑足 5000 年。我们是跟着他出走，也是跟着他释笑，跟着他放下自我，与既遥远又亲近的陌生人交心，向众生学做人，向大自然学习和平共依存。天大地大，只有大气的行者才明白出走是修养谦虚的旅程。项明生在途中高调地欢笑、低调地修行，不枉此生。他向我们示范了如何做个带着谦卑、尊重、感恩和打开的心，在世界留笑印的可爱旅人。相信他谦和的正能量将影响着新生代中国旅人的视野和修为，为人生打开更大片的天空。

自序

空间 × 时间

项明生

生命的全部意义，是一个不停地探索未知的旅程。

我认为这个人生旅程，应该等于空间 × 时间。

自 1522 年，麦哲伦的船队完成了首次环球航行，人类可以探索的空间就此形成了。直到 1969 年，人类的空间才延伸到地球以外的月球。

可惜，到了 2014 年，我们还未能穿梭时间。

这就是我认为当今旅游最大的局限性。走过半个地球，我们只能空对一大堆石头 A 和石头 B：从非洲金字塔到美洲金字塔，因为没有法老王和玛雅土著的现身说法；走了 10 万里，五大洲古今中外的石头还不都长得那样子？

如果像 RPG（角色扮演游戏）一样，可以唤出 5000 年世界的 200 个国家，2000 多个古今民族的大帝、妖后、将军、土著、航海家、法老、国王、皇后、佛祖、湿婆神、耶稣、孔子，那不是就得到 1000 倍的旅游乐趣了吗？

当然是可以的，最少你不会错把冯京当马凉，站在你面前也不知道他是谁。

书到用时方恨少，因为这是自己的体验。

我出生于中国内地的一个盆地，对外面的世界充满好奇心。小时候上历史课时，就望着窗外一心以为鸿鹄将至。

当我真的有机会走过50个国家时，我才发现问题来了。我是文史哲出身的人，也是出发前，才会上网查一下Google map（谷歌地图），目的地是什么位置。到了突尼斯为什么好像似曾相识？想了半天，想起三年前去过的土耳其某某城市，怎么和这儿一模一样？到了印度尼西亚雅加达的大清真寺，居然和中东、北非的某处建筑如出一辙。怎么南美洲的印加人会在葡萄牙的贝伦海边唱哀歌？缅甸蒲甘的佛塔和吴哥窟、马丘比丘，有什么看不到的关系吗？为什么现在的世界分开东西方，而不是南北方？

没有做功课，旅游也会消化不良！最明显的是欧洲的4000多座教堂、亚洲上万座佛寺、罗马帝国跨越欧亚非的遗址、印度到东南亚上万座印度教庙、中东到北非数不清的清真寺，一个上午参观到第四个时，就开始吃不消了，看不懂就感到沉闷，望上去又差不多，去过什么地方醒来就忘了，旅游也成了苦差。

为了满足自己的好奇心，每次旅游前我开始做详细的资料搜集，为自己的双足画下空间旅游经线，加上这一条无形的纬线，努力织出一个真实立体的世界。这是个包含人文、历史、地理、天文、经济、科学、文学、宗教等，几乎人类所有文化的世界。要生吞这一大堆人类文化的数十万文字是沉闷易忘的，但每次只消化一个国家的有关知识，到了当地实地旅游，身历其境，想忘记其国家的有关人文、历史都难！这种亲身的体验，比课堂听老师的说教更为深入人心，一辈子也记得。当走了一半地球时，自己的人类史、世界观就积累成型了。

本书足迹穿梭了十几个国家，跨越当今热门冷门的旅游点，包括古文明的埃及、波斯，到中世纪的柬埔寨、印度尼西亚、日本等，最后沿当年“航海大发现”路线，介绍西班牙、葡萄牙、南美、东南亚等，是今日某时某地某人的一个固定横切面，并加上世界史及中史的注脚，希望读者能见“微”知著，唤醒内心的旅游乐趣。

每次收拾出发的行李时，为你的足下千里之行，织上一条人类文明的纬线吧！

目　录

01

埃及

瞬间看历史：古文明

尼罗河文明： 公元前 3100 年左右，埃及形成统一国家，成为人类文明的发源地之一。

回看中原大地

公元前 3000 年，中国还没有统一王朝或国家形成，处于传说中的黄帝时期。

你好！等了我 4500 年的朋友！

浩瀚的撒哈拉沙漠旁，苍凉的非洲大地上，有一朵盛放了 4500 年的不老奇葩！

我大约是从小开始看历史书而中的毒，埃及就是满脑子匪夷所思的数字。累积了越来越多不解的疑问，催促自己有生之年赶紧要去一趟埃及解谜。

因为人类有史以来，古代世界的七大奇迹，六个都灰飞烟灭了，最古老的一个奇迹反而存世。4500 年前的建筑，在我们这个星球上，就可怜地只剩下这非洲沙漠中孤独的金字塔了，它见证着地球上人类文明第一页的存在。胡夫大金字塔由 230 万块巨石组成，重达 684 万吨，估计要 5000 万人修建，但当时全世界人口才 2000 万，更何况埃及共有 80 座金字塔。巨石之间没有任何黏接物，但天衣无缝，刀片也插不进去。

守护开罗4500年了，也不累→

金字塔的通气口→

大学时代，我到了西方文化的发源地之一意大利。于1174年修建的高54米的比萨斜塔，才600多年，就已偏离垂线达5米多。

为什么在非洲修建的146.5米高的金字塔（比比萨斜塔高近3倍、早近4000年），塔基四条底边相差不到20厘米，误差不到千分之一，东南轴和南北轴的力位误差不超过5弧秒，高度误差不到万分之一？

还有更多更加玄妙的数字：金字塔的高度 ×10 亿 = 地球到太阳的距离。金字塔底周长 ×2= 赤道的时分度。底周长 ÷ 塔高的两倍，刚好是圆周率 3.14（但圆周率是 3000 年之后才发现的）。延长底面的纵平分线，就是地球的子午线。四面直角，准确地对着正东南西北，影子表示春分、秋分、夏至和冬至。吉萨金字塔对正猎户星座。哇，这不是加强 100 倍的真实版本的《达·芬奇密码》（*The Da Vinci Code*）吗？

时间害怕金字塔

古埃及，超越我们认知的历史时代太远太远，或者不属于这个地球的文明。

当我带着多年的冀盼和满脑子的疑问来到开罗，一进市区，在一大堆简陋的公寓和加油站后面，已经惊鸿一瞥，看到了这位等了我 4500

↓地球上最古老的建筑物就在马路旁

公寓旁的无敌金字塔景↓

建于4700年前的第一座金字塔↑

年的朋友。想不到真的那么近，那么市井。我当时想，这些现代修建的公寓，不要说4500年，450年的楼龄也断不会有，45年还差不多吧?（已经比汇丰银行的按揭年期——20年，长了一倍了。）但金字塔，如何长命了100倍?当然，我希望它再长命4500年。

如果你认为4500年已经是最久远的埃及金字塔，那就错了。胡夫金字塔已经是第四王朝的了，现存的还有4700年前的阶梯金字塔，建于第三王朝。“卖相”比较原始，没有胡夫金字塔漂亮就是了。

第一王朝的纳尔迈尔国王，统一了上下两个埃及王国，建都阿比多斯，将下埃及的白色王冠嵌入上埃及的红色王冠中，成为新的埃及王冠。好厉害，5000年前已经会用商标，还是两个商标的合资新版本，我真的无话可说。

秦始皇第一次统一中国，是在公元前 221 年，即是埃及第一王朝成立之后的 2800 年。如果对 2800 年没有概念，秦国距今有 2235 年，埃及的第一王朝，刚好早于她一倍多的年份。始皇登基，开始了中国漫长的 2000 多年封建王朝的历史，但同时在地球另一端的埃及，已经是盛极而衰的第三十王朝。中国第一个统一封建王朝建立之时，古埃及已经完成了历史任命，寿终正寝，沦为罗马帝国的一个行省殖民地了。真的有“有人辞官归故里，有人漏夜赶科场”的感觉。

我还是无法相信，金字塔完工后，经过了 2800 年的沧海桑田，我国传说中前所未有的阿房宫还未动土，秦长城也才开始修建，而她已经是地球上苍老的文物古迹，矗立在那儿 2800 年了。如果当年有飞机或 3G 电话的话，秦始皇可能不会修阿房宫或秦陵了，他可以来参观一下已经有 2800 年历史的古迹，最后还是学已快寿终正寝的埃及王朝修金字塔算了，可能到今天还可以供国人瞻仰。

这的确颠覆了我对历史和时间的概念。我知道非洲是人类的发源地。至于人类文明的起源，印象中一直是四大文明古国平起平坐，而我一向以中国 3000 年的文明自傲。今天，我们没有日本先进，也没有美国富有，但我们有最源远流长的文明，我们有雄伟的万里长城，但最古老的长城也只是建于公元前 600 年的春秋时期。任何地球上的人类文明，都要折腰于这伟大的金字塔前。难怪埃及谚语有云：“人类害怕时间，时间害怕金字塔。”

初夏，干燥的凉风中，我站在她面前时，说：“你好！相隔了 4500

年，别来无恙？”大漠风沙，滚滚无情。吹拂了4500年，她风韵犹存。每一块巨石，都在诉说着人类最久远的文明起源。

亲眼见到金字塔，心中的震撼是难以形容的。因为不同于我见过的其他任何人类建筑物，如自由女神像、大本钟、巴黎埃菲尔铁塔、金阁寺，或万里长城等，总有那个年代其他大陆上的建筑物或文物相伴相随。但金字塔是鹤立鸡群的，因为当时的欧洲、亚洲、美洲的文化尚未萌芽，当时的地球还是蛮荒的石器时代，我们的祖先大部分还在茹毛饮血的时候，埃及人已经统一了国家，建立了中央集权的政府，修建了古代七大奇迹的第一个。

对于金字塔，我除了震撼，还是震撼。因为我可以零距离地站在金字

香港游客骑驴仔↓

↑与4500年的沧桑亲密接触

塔巨石上面照相，还可以随便亲手摸一摸 4500 年的沧桑，比其他国家最古老的历史文物都要真实和伟大，因为在今天，哪个国家的第一个历史建筑能任你站上去跳，任你拍照，任你摸？那些 4500 年前打磨得平滑如镜的巨石，七零八落散布四周，我想，有人偷了一块回去都没有人理会。不同于其他国家发掘出来一两件数百年前的文物就郑重其事封锁现场，埃及 4500 年前的文物，光是胡夫金字塔跟前就有 230 万件，见惯不怪了。

其实，4500 年前的金字塔除了宏伟，比今天的建筑还更漂亮，面上都铺设光滑的大理石，门口更是由闪闪黄金铸造，但在 1000 多年前，大理石被阿拉伯人取走用于修清真寺了，黄金门也被盗墓奇兵偷走了。

金字塔旁边的好朋友——狮身人面像就更匪夷所思了。它有一个人性化的名字叫“斯芬克斯”（Sphinx）。这是一个美丽的误会，因为它外形像希腊神话中的人面怪兽斯芬克斯，当西方人见到沙漠中的狮身人面像时，就叫它“斯芬克斯”了。其实，它的历史比希腊文明早了 1000 多年，建于公元前 2500 年的哈夫拉时期，与金字塔同期。但神奇的是，它和金字塔及埃及其他任何建筑都没有相似或承继之处，像一个天外来客一样地坐在那里。经过了 4500 年，可怜的“斯芬克斯”的鼻子被伊斯兰士兵轰掉了。样子不再恐怖，虽然它的阿拉伯名字是“恐怖之父”。在漫长的 4500 年间，它曾经长埋于黄沙之下，公元前 1400 年，它托梦给当时尚未继位的王子图特摩斯四世（Thutmose Ⅳ），告之他埋葬的地点，说挖出它来，他就可以当法老王。王子根据指示，果然在黄沙下挖出这个千年的巨大石像，他也当上了法老王。

324 米的巴黎埃菲尔铁塔于 1889 年建成之前，胡夫金字塔孤独地当了 4400 年的世界最高建筑。当我离开时，回望矗立于黄沙上的金字塔，想象着法老王登上这个世界之顶峰，高处不胜寒，这也是 4400 年内最接近天国的人间阶梯了。法老王真的功德无量，将人类文明提前了一倍，而且留下了时间也无法磨灭的明证——这个连 3 岁小孩都会哗然的世界最高前冠军。谢谢你，等候了我 4500 年。虽然我不知道再过 4500 年，金字塔会否步其他世界六大奇迹的后尘，一样都灰飞烟灭？人类是否已尘归尘？地球是否还存在？太阳系是否已爆炸？只有数十年寿命的我，赶来亲眼和一位长命过我数千年的朋友见面了，还站上去照了张相，已经很满足了。

除了庆幸和惊叹，尚有很多不解。下一站，向南飞行两个小时，去据说可以和金字塔相提并论的阿布辛贝神庙和埃及文明的母亲——尼罗河。

↓没鼻子的“恐怖之父”

等待进金字塔的人龙很长很长↓

尼罗河上的新娘

离开开罗，一直向南飞。从飞机上望下去，是褐红色的荒野和黄沙。虽然埃及有成千的神庙，但我将前往一个和金字塔、狮身人面像齐名，出现在埃及钞票上的最重要神庙——阿布辛贝神庙。

到南部重镇阿斯旺后，换直升机前往埃及最南部的阿布辛贝（Abu Simbel）。已经和苏丹接壤的黄沙中，矗立着埃及最伟大的拉美西斯二世的巨像，向非洲的落后部落展示君临天下的实力。

神庙建于公元前13世纪（中国的商朝时期），3000多年来都被淹没在黄沙中，可能因为这样，才得以保存。直到1813年瑞士人发现黄沙中的一个巨形头像和王冠，洋人画家将这个奇景画下来，引来世人的注意。经过长期的黄沙清理，直到1909年，伟大的拉美西斯二世重见天日。

这个故事是否有些“如有类似，纯属巧合”的感觉？因为在地球另一边的吴哥窟，也是同病相怜的遭遇。只是相差了2000多年。吴哥王

↑伟大的阿布辛贝神庙

朝于 15 世纪淹没于莽莽丛林，直到 400 多年后的 1860 年被法国博物学家发现，才重现光辉。

神奇的故事还没完。在 1960 年重新修建阿斯旺水坝时，神庙将面临洪水没顶。这个规模宏大的、雕刻在整个山上的 20 层楼高的巨像，如何搬走？面对多国专家提出的众多方案，联合国教科文组织采用了瑞典专家的意见，将神庙化整为零，切割成 2000 多块 20 吨重的大石，重新组装在 200 米以外的一座比原来的山高了 65 米的人造山上。工程用了四年多，1968 年重开。那个 3000 多年前的奇迹重现了。

每年 2 月 22 日和 10 月 22 日的清晨 5 点 50 分（和 3000 年前一模

一样），第一道曙光会穿越神庙的入口，掠过黑暗的神殿，照在神坛上四位神像中的三位身上（拉美西斯二世自己、阿蒙神、太阳神），除了最左边的创造神。这不是计算错误，而是因为创造神也是黑暗之神，他不需要阳光。选择 2 月 22 日，是因为这是拉美西斯二世的加冕日，10 月 22 日则是他的生日。

除了惊叹,还可惜咱家的商朝没留给咱们这么真实不虚的先人奇迹。

回到阿斯旺后，我登上了尼罗河的游船。躺在甲板的太阳椅上，享受着下午懒洋洋的阳光，看着眼前碧绿的尼罗河，两岸的棕榈树、青草牛群,埃及独有的单桅三角帆船不停地向后退去,前面又是另一幅风景画。

气温只有 25℃，初春的阳光并不是想象中的“非洲太阳”那么毒辣，和风吹拂，令我更感到这个世界第一个文明古国的母亲河的亲和力。远处山脉如火烧般鲜红，山下广阔无际的甘蔗田绿意盎然，靠这母亲河泛滥而肥沃的两岸农田，7000 年来都在尼罗河的滋养下成长。

↓我拿着生命之匙

旅游警察在多柱大厅↓

↑今天的埃及人已与法老王无亲属关系

看见穿戴阿拉伯头巾的侍应才感慨，这位母亲河的儿子——正宗埃及人已经绝种了。公元前 332 年，中国尚是封建长河萌芽的东周时期，古老的埃及已经提前被“欧洲一体化”了。古埃及的人种、宗教、文化、语言被消灭了，那个年代的埃及妖后，样子已经是欧洲人了，怪不得由玉婆（伊丽莎白·泰勒）来饰演她呢。先后被希腊和罗马征服及统治了 3000 多年，然后更漫长的 641 年至 1952 年的伊斯兰时代，埃及又被“伊斯兰化”，全民都讲阿拉伯语。怪不得埃及的象形文字，最后是由法国人商博良破解出来的。今天的埃及人，只是阿拉伯世界来的移民而已，和法老王、狮身人面像可一点亲属关系都没有，只在这个借来的地方享

细致的7000年前的手工 ↑

受古埃及人带来的无数游客和收入。

与埃及相比，令我欣慰的是，中国2000多年来虽然经过了多个外族的统治，炎黄的血统却没有被外族同化或种族灭绝，流传到了今天，始皇帝的后人仍然繁衍在同一片中原黄土上。而这位尼罗河母亲却从未变过，几千年都是这样温柔地滋润亲子和养子。直到现在，还为每年络绎不绝的游客，带来必备的“尼罗河之旅”，使旅游业成为埃及第三大产业，仅次于石油和农业。

碧绿的河面，开始泛起金光，如鱼鳞片片反射出耀眼的光柱。岸边棕榈树的剪影在夕阳下更为绮丽。古朴的河风阵阵，温良的河水有情，向我细语这 7000 年来的点点滴滴。

一会儿，岸上高耸入云的塔走入画面，小市镇上车来人往，炊烟四起，赶回家的伊斯兰教长袍路人，友善地对我挥手打招呼。

随后，我回到下层的餐厅，享用丰盛的自助餐，以非洲的标准来说。特别的是，甜品有阿拉伯甜枣吃。吃饭时，忽地有人来捏我腰，令我失声喷饭笑了出来。正在想是谁这么斗胆包天，抬头只见一个七八岁大的印度小男孩正笑呵呵地望着我。我也不甘示弱，向他展开“大报复”，和他打作一团。

于是，我认识了这位来自肯尼亚的印籍小孩，他叫 Baris（布雷斯），他还有爸爸、妈妈和一个弟弟同行，由酷热的肯尼亚来到凉爽的尼罗河消暑，这算是非洲的中产阶级吧！

一觉醒来，走上甲板。天际边缘，白茫茫的晨雾迷离，河水迂回曲折，

↓我和布雷斯打扮成埃及人

我是天空中的一片云↓

由苏丹一泻到地中海边的亚历山大港，延伸蜿蜒出一条碧波丝巾，迎来了人类历史开天辟地的第一大文明。

公元前 5000 年，尼罗河上下游形成了两个部落，他们使用铜器，标志着人类文明的诞生，距今已有 7000 年了。公元前 4200 年，古埃及人根据尼罗河的洪水泛滥规律，制定了世界上第一部历法，规定每年 365 日。当时，远方的中国是史前的新石器时代。

这样看来，尼罗河不仅是埃及的母亲，更是人类文明的母亲。7000 年来不变地护佑着上埃及、下埃及的人民，由部落时代、法老王时代、罗马时期、奥斯曼帝国、英殖民地，到今天的埃及，滋养着这个人类文明的摇篮。

由阿斯旺顺流而下，四天的尼罗河上的生活，都是感恩的日子。每个白天船一靠岸，我都会上岸参观。由于清清河水的关系，初夏的埃及也不是那么热辣辣的了。

第二天上午停留在产玉米出名的甘奥宝，参观鳄鱼庙以及何露斯（Horus）庙，游客们人人搭着照相的何露斯老鹰石雕，也有 2300 年的历史了。真难找到哪一个国家这么慷慨，让游客随便接触 2300 年前的文物。下午停泊在伊德富（Edfu），这里有全埃及保存最完整的巨大神庙，精美细致的浮雕令人感到先人的虔诚。

绵延不断的尼罗河，在夕阳下化成含苞待放的害羞新娘。我才感到，为何人人都说一生总要来一次埃及，和她亲近一次。因为我们的文化，在这浩瀚长河的 7000 年前，尚未萌芽。我们的生命，在遥遥无期

↑我来给大家介绍老鹰石雕

欢乐的埃及之夜↑

的 7000 年后，不会留下一丝的痕迹。

晚上，邮轮上举行“埃及之夜”晚会，船上的各国游客都打扮一番，尽情打闹嬉笑跳舞玩游戏，度过了开心难忘的一夜。

十多年前，我读大学时，曾在印度恒河上泛舟，冥思苦想，万千生命如恒河沙数，短暂人生如过眼云烟，身为区区过客，为何还会有万千烦恼?

作为四大文明古国的成员之一，这次终于来到我生平的第三个文明古国。在尼罗河上，感受到的不只是在恒河上对生命的反思，更加深了对文明的反思。

第三天停泊在埃及古都卢克索（Luxor），前往女王殿。女王和我们的武则天一样，她也篡了儿子的位后登基，成为埃及历史上唯一的女王。长方形的简洁柱廊，三层建筑，感觉十分摩登，难以相信这是公元前 15 世纪的建筑。还有卡纳克神庙，134 根巨大的石柱组成多柱大厅，数人才能合抱的巨柱无语地指向天空。

第四天参观帝皇谷，3000多年前的金碧辉煌，11公斤重的纯金面罩，数千件巧夺天工的金银珠宝陪葬品，来自于一位名不见经传、19岁就驾崩了的小法老王——图坦卡蒙。那其他63位法老王被盗的墓，如胡夫王、拉美西斯二世等，就更令人向往了。

怪不得，我在埃及买的旅游画册《埃及艺术和历史》，序言标题是“埃及星球”，相比地球上其他民族和文明，埃及星球的文明早进化了2000年！太多的不可思议，只有叹道，此景只应天上有，人间哪得几回睹！

离开尼罗河，前往红海，重踏圣人摩西出埃及的神迹之路。

外表摩登的女王殿↓

巨大的多柱建筑

法老王的宝石箱有 108 种颜色

阳光沙滩比基尼，碧海青天珊瑚礁，都会令人想起马尔代夫、巴厘岛和宿雾等亚洲的度假村。

很难想到，离开世界上历史最悠久的建筑物——金字塔，驱车数小时，就是完全不同的世界。

“非利士地的道路虽近，上帝却不领他们从那里走……所以上帝领百姓绕道而行，走红海旷野的路。”（《出埃及记》第 13 章）但红海并不是红色的。据百科全书解释，红海海水多呈蓝绿色，局部海域因一种红色海藻生长繁茂而呈红棕色，故名“红海”。

清晨，从红海旁的度假胜地赫尔加（Hurghada）出发，扬帆出海，明媚的初夏阳光，照在一望无际的红海上。穷我一生所知的中文词汇、最多彩多姿的画笔、肉眼可以分辨的颜色，以及相机相片可以还原的色彩，大概也只够表现出这个大自然鬼斧神工杰作的 10% 吧！

红海旁的有钱人家↑

这个天然的无边画池，一定用尽了世界上与绿色相关的色谱，大约有 100 种不同的绿色，或渐变，或突变，或拼凑，或抹开，深深浅浅，风姿绰约，错落有致，百绿盛放，争奇斗艳。

脚下便是深邃的宝石绿，旁边却有一抹翡翠闪烁；在碧草如茵的远处浪峰，镶着一块一块高贵的松石绿；左边是谁的墨汁打翻了？无底的墨绿色一直漫延到天那边；前面明明有一条黑珍珠项链，躺在浅绿色的珠宝箱里，黑得发亮的珍珠，原来是珊瑚礁；右侧深秋的残绿凋零了，大片青翠的新绿正在发芽。

这个宝库的守护神，是一大群灰白相间的海鸥，追逐着碧波海浪，

↑玻璃的海洋

优雅地徐徐升降在各种绿色中。黑色的翼镶着白色的边，闪亮的白尾停留在蓝天里，红色的尖嘴原来在找寻游艇上工作人员的鱼饵。船员喂完鱼饵，海鸥一哄而散，全体起立，飞向另一艘游艇。

被誉为世界七大潜水胜地的红海，这块未受任何污染的天然水域，是法老王留给后人的珠宝。这些出尘世而不染的丰富色谱，原无一色，取悦游艇上每一双惊喜的双眼，希望不是美丽的误会，无数的色彩幻变令瞪大的双眼疲于奔命，也不肯收敛。因为，这儿还有更多的天赋本钱秀给你看个饱！因为，蓝宝石箱底下，还蕴藏着更多精彩万分的秘密！

于是，我从游艇上一跃而下，打开宝石箱的盖子，进入了绿色的心脏。

只是区区数米深的浮潜而已，已有数条彩蓝色的热带鱼来和我打招呼了。虽然不是死海，红海的盐分也很高，我不用费力气，就可以“大字形”地浮在海中，任由海流推我，进入一个又一个五颜六色的随意门！

一条半人长的大苏眉，悠悠荡荡地像一个老年智者，在它的七彩珊瑚花园中踱步沉思，紫红、鲜黄、蓝绿，同时盛放着。

冷不防，过百条黑色银边大军，黑压压地操兵过来。原来，是我手上的面包吸引了它们的视线。来不及反应，我的手指已被不懂事的小鱼当成了面包，咬了一口，轻轻地……

头上，一朵透明的紫云“飘”过，是水母。没有骨头，真的是“飘”在“半空”中。忽地，一条黄蓝相间、白色尾巴、手巴掌大的热带鱼，从一棵浅紫色珊瑚礁后钻出来，看看我，要带我游花园呢！我迷失在这个璀璨无边的彩色宝石花园中。不想动，不想走，不想想。

海中的浪越来越大，不时会有超咸的海水攻入浮潜的吸嘴。顾得眼睛，

↓一朵透明的紫云飘过

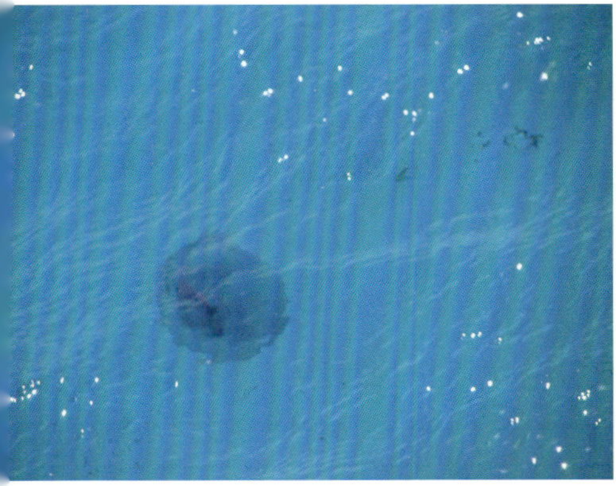

不要催我嘛↓

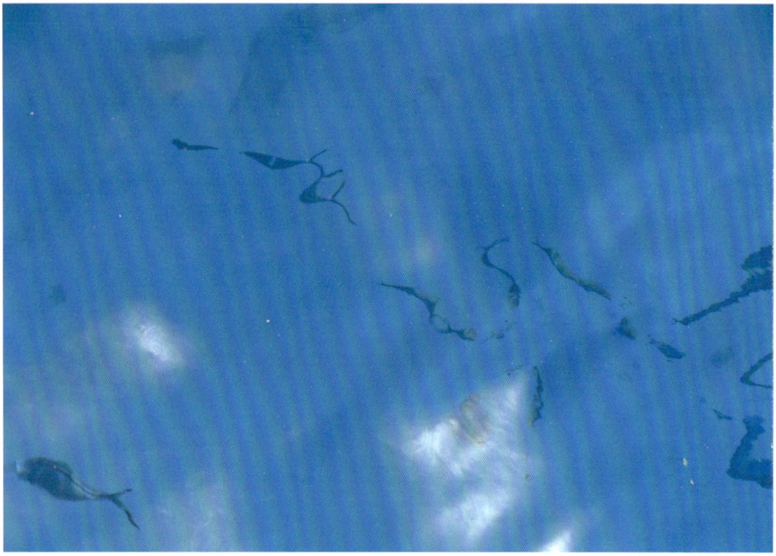

↑琉璃海中的小宝贝

我也顾不得鼻子和嘴巴了，吸每口气都有咸水混入。我继续贪婪地用双眼吸收每分钟都在变幻的色彩。欣赏着各种色彩的双眼一阵刺痛！咸水攻入了最后的防线——眼罩。

我想，即使现在是光明的最后一刻，就是眼睛瞎了，也值了，无怨无悔，心甘情愿。因为，最后一刻的瞳孔已留下了这世界上最漂亮的七彩宝石、最灿烂的大千花园。此时此地，除了美丽的色彩，什么都没有了，我还求什么呢？

归途中，风乍起，吹皱一池碧绿。平滑如丝的海面，兴起些微的褶痕，原来是法老王的母亲在铺她的翠绿绸缎床被了。晚安，红海！

我愿变成红海上的一只海鸥，每天守候这个跌落人间的宝石箱。

散落人间的宝石箱↑

日落红海↑

02

伊朗

瞬间看历史：古文明

两河流域文明：公元前 3000 年出现奴隶制城市国家；大流士一世登基后建立世界第一个帝国——波斯。

回看中原大地

公元前 3000 年，中国还没有统一王朝或国家形成，处于传说中的黄帝时期。

波斯 3000 年的骄傲

一个不喜欢自己名字的人，怎么会开心？

所有伊朗人都不以“伊朗”为骄傲，反而以古名“波斯”引以为傲，市面上到处是以“波斯”命名的酒店、品牌、建筑等，更不用提“波斯地毯”、“波斯猫”等历史名物，连使用中的波斯语也是“之乎者也”的古语。于是，注定了哀伤，好像离婚后的伤心妇人还冠以夫姓，频频回望，念念不舍。

这里是两河流域文明的发源地，也是我四大文明之旅到访的最后一站。5000 年前在地球还处于孤独的黑暗中时，人类文明的火花，在埃及、印度、中国和两河，率先绽放出灿烂和光辉，但是……

伊斯法罕半世界

古波斯诗人曾传颂“伊斯法罕，世界一半”。伊斯法罕为雄霸欧亚

闻名半个世纪的伊玛目广场↑

的波斯帝国的首都，有全世界第二大广场，还有三个世界文化遗产。

贵为世界文化遗产的伊玛目（Imam）广场，长512米，宽163米，面积仅次于我们祖国北京的天安门广场。广场中心以前是供皇帝、贵族享用的赛马场，现在改为草地公园，四周是巨大的巴扎市集，售卖铜器、陶瓷、青砖及波斯地毯等，走一圈不停步都要一个小时以上。

广场上最主要的建筑是可以俯瞰广场的阿里卡普（Ali Qapu）宫殿，这里由地道相连，供妃子秘密前往广场另一端的伊玛目清真寺和柔特菲拉清真寺。

另一个名胜“三十三孔大桥”及哈鸠桥，都是两层桥的结构。原来，富裕的波斯皇帝不想在冬天水退时只见到光秃秃的桥墩，于是修建了两层的多孔桥梁，夏天时走上层，冬天时两层都可以使用。

↑伊玛目广场的巴扎市集

孔桥精细的瓷砖↑

波斯地毯甲天下

伊朗的物价在中东来讲偏低，2009 年，一顿像样的晚餐不过三五美元，住一晚四星级酒店是 40 美元，当地人的月平均工资当时也就 200~300 美元。

唯一一样动辄过万美元、令游客荷包流血的东西，就是闻名天下的波斯地毯。和同样手工编织的土耳其地毯、印度地毯相比，你会惊叹“波斯地毯怎么这么贵”？

同样尺寸、质地、款式的地毯，在伊朗的市集（不包括旅行团参观的超贵地毯厂），会比其他国家贵三至五倍。极品的双面绣地毯一平方米索价 10000 美元以上，油画一样装裱的小小挂毯，手臂长的尺寸，十分精细，也要 5000~6000 美元。由于太贵，没有游客会携带过万美元的现金购物，地毯是伊朗唯一收外国信用卡（Visa、Master）的产品，因为美国的抵制，用信用卡结算只能在中东的迪拜和多哈。

了解波斯地毯为何这么昂贵，需要知晓一些地毯的小知识。地毯质地分为最便宜的棉质、羊毛 / 驼毛，以及最昂贵的丝质。如果你参观过手工地毯的制作，你就知道地毯（carpet）都是在底网上用染了色的羊毛线或丝线一个一个结打出来的（除了针织的 kilim）。每平方厘米结的数量越多，代表手工越多，图案越细密。波斯地毯都是单结（一条线打一个结），其他国家的大都是双结。意即同样一张地毯，波斯的就比其他国家的多一倍的结、一倍的时间和功夫。当然，单结的好处也是很明显的，地毯更结实，图案更精致。一般来说，每平方厘米 30 个结是基础，50 个结以上是佳品。我见过每平方厘米 256 个结的纯丝挂毯，细腻的笔触和油画没有区别，已经是过万美元的艺术品了。波斯地毯的结数最高纪录是每平方厘米 550 个，

↓地毯博物馆引以为傲的波斯地毯

每张油画般细腻的地毯要花半年时间编织↓

波斯地毯凭这种全靠手工和时间的单结独步天下，又名“波斯结”。

所以，想起2008年我在土耳其的君士坦丁堡大市集花300美元买的约1米×2米的丝质地毯，款式还是City Design（城市设计），不禁庆幸自己当时买得便宜多了！因为地毯款式类别分两种，“城市设计”是有草图，然后按照草图织地毯。另一种款式类别叫Tribe（部落），是指游牧民族约定俗成的随心所欲、不打草图的地毯，图案会比较单调和简单，直线多，曲线少，而且没有大型的花卉图案，更没有人物图案。我讲价讲到口水干，也没办法将在土耳其卖300美元大小的丝质波斯地毯讲到1000美元以下！

但话说回来，到波斯，不买波斯地毯是“入宝山，空手回”的感觉。因为这种工艺品到了香港中环或海怡工贸中心，价格会涨三倍以上。如果嫌丝质地毯太贵，可以考虑“部落”款式的羊毛或羊毛混丝地毯，后者的细致图案是用很细的丝打结的，但其余部分都是用较粗的羊毛打结的，约1米×2米大小，

↓战利品一：以200美元成交的羊毛混丝地毯

战利品二：后面左边的一张100结纯丝小挂毯，以四季为主题，300美元↓

价格是 300 ~ 400 美元。如果是同样质地的“城市设计”款式，同样尺寸大约贵一倍。唯一不方便的是羊毛地毯比丝质的重两倍以上，折起来也大两倍。

笑料一则：骆驼毛是羊毛之外的另一种常见地毯材料，我曾在北非突尼斯买过一张游牧民族的骆驼毛地毯，才数十美元，放在客厅中很有民族风味。但每天回家，总有臭豆腐一样的冲天臭味，找了半天，才发现那是骆驼生前的体味。也难怪，沙漠中水如黄金，骆驼先生大概一生从未冲凉。于是，又晒又晾，强烈的异味还是驱之不去，只好放弃。手织地毯是绝不能放进洗衣机的，我的那张土耳其纯丝地毯的最终命运就是这样毁于家中保姆的手中。

“蔡伦”发明的食物

香港没有班机直飞，经中东的多哈转机，到达伊朗首都德黑兰是凌晨 5 点。欢迎我的早餐，就是一碟纸皮一样的干面饼，坚韧度胜于画画用的纸板，餐刀都没用，要用剪刀才可以切割。

自问对食物要求很弹性的我，甚至和印度人吃地上制作的灰尘薄饼 Nann 都津津有味，但面对这碟干巴巴、冻冰冰、可以练毛笔大字、做门面招牌的坚韧“纸板”，我是完全束手无策、无从入手的。

以后 10 天，每天三餐的主食除了“纸板”，都是波斯的主食——卡巴烤肉（Kabab），而且只有三款供选择——鸡、羊和牛。我终于想到了我们中国的“春卷”，于是用纸皮来包烤肉一起吃，果然，味道有

↑伊朗的“蔡伦”在“造纸”

几分似春卷，果腹还是不错的！当然要小心“纸皮”的硬边颇为“锋利”。

伊朗五宝之一的藏红花（其他四宝是：地毯、石油、黑鱼子酱和开心果），经常出现在米饭和雪糕上，每餐白米饭上面总有那么几粒鲜黄色的东西，不要以为是黄米或牛油煮的，其实就是用藏红花煮的。0.1克要10美元的名贵药材，居然可以在日常的白饭上见到，唯一原因是伊朗是藏红花的最大产地，世界80%的藏红花都产自伊朗。

餐厅环境相比食物，简直是两个世界。很多餐厅都铺了漂亮的波斯瓷砖，再贴上很多的玻璃镜子，中央有花园，有喷泉，还有一家餐厅甚至养了孔雀供食客观赏！

波斯餐厅里一个有趣的现象是男女分坐，楚河汉界，泾渭分明。情侣会面对面坐，但一大堆朋友的话，一定是男女分坐了。

连巴士上也是，男生坐前面，女生坐后面。地铁有“Women Only”(女士专用)车厢，的士更有“Women Taxi”（女士专用的士），连司机都是包头的女生！我怀疑，如果妈妈带了儿子上街，岂不是要分乘两辆的士？

孟子曰：“男女授受不亲，礼也。”礼失而求诸野，伊朗人大概是孟子伦理的最佳实践者了。

↓女性专用的士

男女拍拖也不可太过亲密↓

没有麦当劳和可口可乐的国度

2235年前，中国第一位皇帝——秦始皇，灭六国，统一了中国，“书同文，车同轨，行同伦”。同期在地球另一端，大流士一世（Darius I the Great）已经征服了四大文明古国中除了中国的其余三个，包括埃及、两河流域、印度，建立了横跨欧亚非空前伟大的帝国——波斯王国。

波斯不朽的阿房宫

中学时背诵唐朝杜牧的《阿房宫赋》，得知这个流传了2000年的故事——公元前207年，小弟的祖先项羽火烧秦始皇的阿房宫，大火三月不灭。

历史，竟然有那么多不解的巧合。

几乎同时，在地球另一端的波斯，公元前330年，马其顿的亚历山大一世，是项羽的翻版，攻城时为了报复而一把火烧毁了波斯王的宏伟宫殿——波斯波利斯。

传闻中的阿房宫，没有留下任何破瓦残垣给秦唐后人，连火烧的痕迹也在 2004 年被中国考古学家否定了，原来阿房宫只是始皇帝的烂尾楼盘。“渭流涨腻，弃脂水也”的天堂美景欺骗了我们 2000 年，这不过是唐朝文人墨客的梦呓。

现实一些，还是看回同期真正存在的世界文化遗产——波斯波利斯吧！这个名字是希腊文，意即“波斯之都”。它是大流士一世为了宣示国威而下令兴建的，是当时波斯帝国的行政、宗教和经济中心，波斯帝国虽然比只有 14 年历史的短命的秦朝长，但也只有 200 多年的寿命，

这是大流士一世的坟墓，甚为简朴↓

↑源源不绝进贡大流士的各国使节

却用了 150 年来修建这座豪华的宫殿。这个 13 万平方米的建筑，也是世界上保留最完整的波斯建筑，1979 年被列为世界文化遗产。

2000 多年前亚历山大大帝攻下城池，一次喝醉酒后，下令烧毁宫殿。这座世界上最强大帝国的宝殿，使用珍贵黎巴嫩雪松制作的精美圆柱、横梁、柱头都熊熊燃烧起来，巨大的屋顶坠落下来。幸好，只烧毁了木质建筑，主体建筑的擎天石柱和精雕石门幸得保存。

大流士一世号称“全部大陆的君主”，称霸欧亚非，万国来朝，所以宏伟的石雕大门叫“万国门”，高达 20 米的石雕狮子柱，至今仍威武地俯瞰前来朝见的诸国游客。

建筑于 7 米高的石台上的，是雄伟的百柱宫殿和接见大厅。石墙上精细地雕刻了 46 个不同国家、不同人种、样貌各异的诸国使节，欧洲人手持陶器，非洲人拉着骆驼，印度人带着大象，叙利亚人献上肥羊，埃及人呈上土产，还有亚洲人手捧丝绸、瓷器，排队进贡给大流士一世，简直是先古时代的联合国。据说亚历山大大帝攻下了波斯波利斯后，用 20000 头骡子和 5000 匹骆驼，才将皇宫的财宝搜刮一空，用数月时间搬回希腊，可见当年波斯的富庶。

大门上雕刻着景教诸神，手持圆环，赐给大流士一世，代表“君权神授”。这个公元前 520 年的石雕，也记录了后世结婚戒指的起源——圆环代表盟誓和约定。

《战狼三百》的恶魔

这里还埋葬着另一位著名的波斯皇帝——薛西斯（Xerxes）。如果你看过《战狼三百》（*The 300 Spartans*）这部电影的话，一定记得那个面目狰狞的波斯皇帝，他就是被电影恶魔化了的薛西斯。波斯王大流士一世死了以后，他的儿子薛西斯登上王位。薛西斯为了实现父亲的遗愿，发誓要踏平雅典，征服希腊。为此，他精心准备了四年，动员了整个波斯帝国的军力。参加远征的士兵来自臣服波斯的 46 个国家，100 多个民族，50 万大军，包括高大神武的象兵、犀牛兵。在公元前 480 年，正式在温泉关和希腊骁勇善战的斯巴达人相遇。斯巴达以 300 名士兵之血肉身躯，拼死战斗，结

↑薛西斯的豪华寝宫建于高台上

↑一口吃掉冬天的大狮子

果士兵全部阵亡，他们不但杀死了 20000 名波斯士兵，还成功挫败了薛西斯大军的锐气，并使波斯逐渐走向衰落，最后被马其顿的亚历山大大帝所灭。

薛西斯在波斯波利斯居住时，增建了自己的豪华寝宫。这座寝宫乃是开凿坚硬的山麓而成，基座更高，约 12 米，地基之下挖有两公里长的排水系统，整座宫殿由 43 座平均高 18 米的石墙分割为不同的区域。很多墙上的石雕都是狮子吃马的场面，原来在古波斯，狮子代表春天，吃了代表冬天的马，就是春天来了。

宫殿共有 72 根石柱，每根高 19 米，用整石精雕而成，柱顶的石雕更神气活现，全部是一对对的动物，有狮子、马、羊、牛等，用来驮负巨大的黎巴嫩雪松横梁。

最漂亮可爱的“邪恶轴心”

当地人永远是旅游乐趣最大的因素。如果空有伟大的历史文物，少了活泼的人气，只会令游客有隔离感地冷眼旁观。

现今伊朗 70% 的人口是古波斯人的后代，这和埃及完全不同。古埃及人已经在历史中灰飞烟灭了，现在的居民都是阿拉伯的外来移民。而伊朗人对自己祖先的波斯文化不只留恋，还有无尽的自豪。

伊朗人，如果不算是世界上最好客的民族，也绝对是这四大文明古国中最热情友善的，他们真心拥抱每一位到访的游客。在伊朗的每一天，

↑古代的波斯和今天的伊朗相遇在手机屏幕里

羞答答的波斯美女↑

每一条街道，每一个市场，一定有人走过来同我“Say Hello”（问好），不是我有面子，他们也不是不怀好意的“种金党”（指诈骗团伙）或想推销什么东西，他们只是想向面孔不同的外国游客表示善意。

如果我把手掌放在心口上（当地人表示诚意的手势），再回敬一句“Salem”（波斯语：你好），哇，不得了，会有一村子的人跑出来，好奇地望着我，拿出手机和我合影，又请我喝茶，我简直动弹不得。会讲英语的不停地说：“Welcome to Iran.”（欢迎来到伊朗。）“Where are you from.”（你从哪里来？）然后向我主动介绍当地的波斯文物古迹！

除了热情的心，伊朗人漂亮的外表更令人头晕目眩。波斯美女，闻名不如见面。美国总统口诛笔伐这里是“邪恶轴心”，我想，是因为小布什没有机会真正认识这些热情友善、美丽可人的伊朗人吧？

没有麦当劳和可口可乐的国度

对于年年在麦当劳开生日会中长大的小朋友和喝可乐当饭吃的大朋友来说，没有这两样东西的国度，人们是怎样活下去的呢?

结果是，伊朗全国都不见一个肥肿难分的肥仔、肥妹，全街都是英俊不凡的波斯王子和高挑漂亮的波斯美女。

黑纱下面会说话的大眼睛，不时电得我神魂颠倒。个个不像李嘉欣，都有几分张柏芝的姿色。我真的担心，如果她们可以来香港工作的话，港女可能要集体上街示威了。

街上的壁画讽刺美国好战↓

像大部分伊斯兰信徒一样，伊朗人每天五拜麦加，每次磕头持续一个小时。但他们绝不向麦当劳低头，因为这代表着不向全世界的最强霸权——美国屈服。

身为石油大国，伊朗的石油10美分一升。所以首都德黑兰人人开车，天天塞车，但是街上就是没有一部通用汽车或克莱斯勒，却有很多崭新的法国标致，韩国大宇、起亚等。本地车的名牌叫骄傲（Pride），代表对自己文化的情结吧！

没有金融海啸的快乐人民

2008年年底爆发了源自于美国的全球金融海啸，伊朗人丝毫没受影响，他们甚至连10年前的亚洲金融风暴都闻所未闻。

生活和平时一样快乐，收入也没有减少，更没有裁员或倒闭。每天5点钟去公园开派对，和朋友吃水烟。

当美国三大车厂因巨亏濒临倒闭的边缘，金融海啸将百年老店的美国企业吹到风雨飘摇，猪流感冲击纽约和美国各大州，千年前已视猪肉不洁而戒食的伊朗人，够勇气向美国30年来都坚持说“不”！他们的先知先觉和不畏强权，不失为这个末世一般的烦嚣俗世的一股清泉。

“邪恶轴心”？应该是雷曼兄弟以及华尔街上的大班吧？

两伊战争前，伊朗是国际六大工业国之一。几年战争下来，花费了50多亿美元，两败皆伤。首都德黑兰市面破落，拥挤的市集上更有人抢手机。但伊朗南部像1979年前未开放的中国内地，淳朴得令人难以置信。好客的伊朗人，会讲英语的都是旅游大使上身，笑逐颜开地说着：“Welcome to Iran.”（欢迎来到伊朗。）我想，大约是美国禁运后，民心更想得到国际社会的认同吧！

伊朗的隔壁是阿富汗，在2001年之前由塔利班统治。自由恋爱、女性涂指甲、女性在公众场合大笑，甚至女性上学，统统都是罪行，轻则鞭笞，重则被吊挂在街上的电灯柱上。另一边的伊拉克更长期处于美国及其盟国军队的控制之下。

所以，伊朗人自己说，相比美国人、阿富汗人、伊拉克人，他们是幸运快乐得多的国家。我说，他们的“快乐指数”不会低于最快乐的不丹人呢！

↑ 参观波斯波利斯的俊男美女

↑ 免费的野餐和最真的笑容

↑ 热情过度的伊朗男生又抱又亲

波斯——哀伤的美丽

回眸一笑百媚生，只缘“犹抱琵琶半遮面”的神秘。

蜜糖肤色，高鼻大眼，轮廓精致分明，加上黑纱头巾，使一对对深夜寒星般闪烁的大眼睛更为神秘，加上忧郁的眼神，更令人神魂颠倒。

波斯美女，闻名不如见面。

← 卖香水的小女孩

男女授受不亲，礼也

相比于其他开放的中东伊斯兰国家，伊朗人 89% 信奉传统保守的什叶派（伊斯兰第二大教派），女性一定要黑布蒙头才可以上街，并严守“男女授受不亲”的清规戒律。

在伊朗南部的伊斯法罕和设拉子，每次在参观名胜古迹的时候，如果偶遇了当地人，拍照的对象就一定变成当地人。特别是当地黑布蒙头的女生，很有神秘的吸引力。女生一般开始都很怕羞地半遮面，熟了后就会和女游客搭肩膀照相，但和男游客仍然有一定的距离。

刚开始时，我不知就里地走过去想和伊朗女生合影，大多鸡飞狗走。于是，我又厚脸皮地问：“Photo，OK？”（可以拍照吗？）得到的仍然是冷冷的一句“No”（不可以）。

吃了不少“柠檬”，终于放弃时，一天，在伊玛目广场中心的草地走过，忽然有人冲我喊道：“Tea！ Tea！”（茶！茶！）原来，有一群年轻男女在草地上野宴，一张毛毯上面放满了薯片、热茶、水果和水烟。用

↓伊玛目广场上，年轻人请我吃野餐

我的 PSP 大受欢迎↓

他们蹩脚的英语，打开了波斯人和我的屏障。原来，只要和他们做了朋友，怎么拍照都可以。他们中是夫妇、兄妹和情侣。我的相机和 PSP（日本索尼公司开发的多功能游戏机）大受欢迎，他们玩得十分开心，又跟我手机里的周杰伦唱歌跳舞，不停地叫我吃水烟，其实味道很淡，比我在其他中东国家吃得更淡，所以很易入口。更特别的是，倒了茶给我后，还给我示范用薯片蘸着茶水吃，湿湿的薯片味道超奇怪！

这时，其中一个人手机来电，他把手机递给我，叫我同他朋友讲两句中文，原来，和外国人做朋友，在这里是很牛的一件事呢。我走时，他们硬塞了糖果、青瓜、苹果给我。大家又拥又抱地照相是少不了的，当然只限同性，异性？还是乖乖地斯斯文文地合影罢了。

照完相，更不会有人索取“1 dollar”（一美元），只是问我电邮地址或 Facebook（脸书网）。

先做朋友，再拍照。自此之后，无往不利。

1935 年，尘封了的波斯美女

午餐的时候，旁边一群年轻男女友善地和我打招呼，然后拿出手机和我照相，问我有没有 Facebook，因为要和我交换相片！

原来这班受过英文教育的白领，和我们一样，平时也是玩 Facebook 的！其中一位瓜子脸、高鼻、樱唇的年轻美女，乌黑的大眼睛像夜空下的寒星，藏着说不完的故事，貌似李嘉欣。她名叫 Dorri（杜里），不

↑ 25岁的杜里很友善

伊朗的“谢霆锋” ↑

是明星，是一位计算机工程师。刚刚毕业的她，月薪有200美元，在这里属于高薪阶层了。她知道我来自香港后，问我：“香港的首都是什么？”我告诉她香港是中国的一个城市而已，她显出惊讶的神情。我想，如果我告诉她，以她的花容月貌，来香港可以轻易地做个明星模特儿了，她会更吓一跳。

她口中很骄傲的，都是1500年前萨非王朝或更早的波斯帝国留下的宫殿、大桥、清真寺、古宅、花园等，像一个尘封了千年的美人，留恋于千年之前的美丽、伟大，但她绝口不提1935年至今的伊朗近代史。

因为在1935年，“波斯”改名为“伊朗”，政变动乱频频。1963年，爆发了白色革命。1979年爆发了伊斯兰革命，民众占领美国大使馆，扣留使馆人员，史称伊朗人质危机，自此美国与伊朗交恶。1980年，伊拉克在美国支持下，动用大量武器，发动了两伊战争，直到1988年，八年战争令伊朗满目疮痍。

原来，中国在波斯文中叫“Ching”（秦），现在仍然叫中国人为“秦

人”，而不是 Chinese。因为丝绸之路的关系，公元前 200 年的波斯已经和中国的秦朝有商贸等紧密来往了，西汉张骞出西域时到达的安息国，就是波斯。

不只是美女多，俊男也遍街都是。和我同团的女士居多，在德黑兰的一间餐厅，发现一位侍应，高大英伟，貌似谢霆锋！不得了，即刻令全体港女仪态尽失，如蚁搂蜜糖一样，连午餐都顾不得吃了，全程逐个港女排队同他合影，交换电邮，最后还要和他大合照。同行的团员有前政府高官夫妇、前署长夫人，完全置老公于不理，如少女粉丝一样，含情脉脉地托腮，整个午餐，眼也不眨地盯着伊朗的“谢霆锋”！

偷窥男人禁地

设拉子是波斯的古都，波斯开国元老大流士一世公元前 550 年定都

↓偷窥摘下头巾的波斯美女

五岁的美人胚子↓

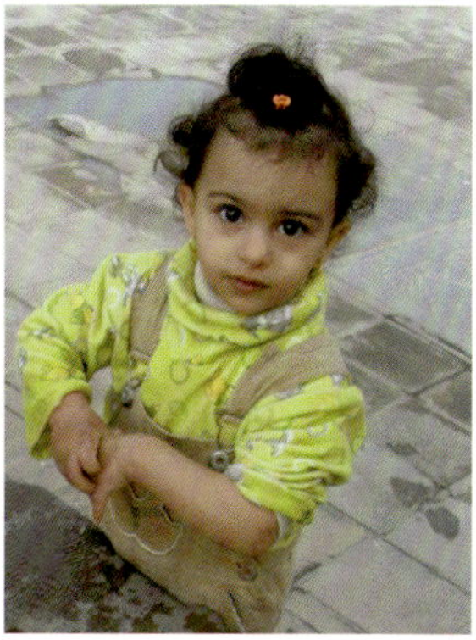

于此，和我国西安一样。

入住波斯酒店，晚饭后看到很多盛装的当地人进入地下大礼堂，但用木板围堵了门口。好奇的我在门口徘徊，一个宾客很友好地示意我进去。

伊朗人的婚礼，令我大开眼界的不是一对新人，而是在舞池跳舞的一众女士，不但露出手臂、低胸、露腿，而且大半脱下了头巾，露出精心梳得高高的发髻！这对于保守的伊朗人来讲，等同于袒胸露体了！怪不得，舞池中没有一个男人，只限女生和女生跳！

男人都聚集在二楼的餐厅吹牛，有几个好奇者，就缩在门口和我一样偷偷观望。但偷窥，普天之下都是天理不容的，更何况有外国游客参与！我们享受不到五分钟，有长老模样的人就下了逐客令，全部男人都灰溜溜地被赶了出来。

然后，在门口再贴一张大纸——“Private Party. No Enter.”（私人聚会，闲人免进。）原来，这个一向拘谨的民族，在私人派对时，还是可以放下宗教的束缚的。当然，这种偶尔的私下开放，她们不想公之于世。

44 柱宫的定情信物

在伊斯法罕的第三天，我前往 44 柱宫。宫殿前有 22 根高大的木柱，怎么数也没有 44 根。原来是加上了前方水池中的 22 个倒影，古代波斯人都有幽默蛊惑的一面呢！

草地上，叽叽喳喳坐着一大群身穿靛蓝长袍、戴宝蓝色头巾的女中

↑抛橙定情

↑全球一体化的怪物——山寨KFC

学生。我望过去，一个女生站了起来，手拿着一个橙，望着我笑，示意扔给我。我受宠若惊，接了她扔过来的橙。我走过去同她合照，她更大胆地向我叫了一句“I love you.”（我爱你。），然后大笑着掩面而逃!

哇，这发生在保守的伊斯兰什叶派占89%的伊朗，简直令我难以置信。

在往后的几天，有机会和当地女性谈话，意想不到的是，信奉伊斯兰教的她们很迷“韩剧”！

当然，反美的伊朗人看不到《迷失》（*Lost*）之类的美国电视剧，于是韩剧《朱蒙》成为当季最热播的电视剧。我想，这里那么多波斯俊男，像我这样的普通港男还大受欢迎，是我沾了韩星的光!

吹到脸上的，是阵阵“全球一体化”的风，终于吹到这个封闭的政教合一的伊斯兰国家了。君不见，这个全球一体化的怪物——山寨 KFC！

03

缅甸

瞬间看历史：宗教诞生

公元前 324 年，孔雀王朝阿育王将佛教传播到印度以外。

回看中原大地

时为中国战国时期。

日出万塔异域上——缅甸蒲甘

东南亚的净土

听旅游界的前辈绘声绘色地讲异国风情，30 年前如何用一条普通牛仔裤在前苏联换 10 只军表，在东欧如何用一包糖果换来成村人的欢迎。可惜，今天远在印度的乡村，人们很会赚游客的钱，五岁村童被照一张相，不是要糖，是要 20 卢比现金！还有旅游乐趣的杀手——全球一体化！从北京到巴黎，从吉隆坡到纽约，见到的是乏味的相似的店铺、商品、文化，还有人。

想不到，在近在咫尺的东南亚，还有这样一片未被污染的净土。

全国没有一间 HSBC（汇丰银行）、7-ELEVEN、星巴克、麦当劳，也没有好莱坞电影、CNN（美国广播电台）、韩剧。没有手机漫游，没有互联网，没有外国的英文报章，打 IDD（长途电话）回港一分钟要四美元。我要和外界完全隔绝一周！想不到，我完全没有不适应，而且过得很充实和愉快！或许，我们日常太过依赖太多不必要的东西了。

天边涂上一抹又一抹绯红绯红的少女胭脂↑

这里有的是，很多我们失去已久的稀世珍宝。半夜蓝宝石的盘子上，密密麻麻镶嵌了成千上万颗大小不一的钻石，由北极到南极的天际，亮晶晶纷至沓来，闪烁得如同全世界最大珠宝店的橱窗。这是豪华德国邮轮 Road to Mandalay（曼德勒之路）夜泊伊洛瓦底江上的免费礼物，每晚都有密镶了一亿颗卡装美钻的星空送给你，让你做一夜的公主王子。

这里有的是不求回报的纯朴微笑。一辆卡车里的男女老幼，得知我想拍照，就不开车了，整整齐齐地为我做模特儿，照了十多分钟，平和的笑容挂在脸上，而最后什么要求都没有，走时更友善地不停挥手。同行的团友每晚都促膝而谈，像回到中学时去离岛宿营。

这里是缅甸，2008 年人均收入 446 美元，亚洲最贫穷之地，比非洲的乌干达更穷，约为中国内地和泰国人均收入的 1/10。

亚洲最穷——时光倒流 30 年

这说来是有些悲哀，除了时光，倒流的还有价格。

相比其他东南亚国家，缅甸手工艺品要一美元起，这里尚有很多 0.3 美元一对的莲花灯，0.2 美元一本的书和月历。精美的手工绣花民族背心，总要十多个小时的辛劳吧，小贩竟然开价二美元！在曼谷夜市肯定是 10 倍价格！一个五英寸高的木雕大金佛塔，开价也是一美元。怪不得，我换了 50 美元的零用钱，几天都没用完！

和开放前的内地惊人相似的是，缅甸仍然有“外汇兑换券”！一美元换一元的“Foreign Exchange Certificate”（外汇兑换券），由缅甸中央银行发行。虽然美元已经通行无阻，我还是赶紧换了一张这种“史前怪物”，因为早在 1994 年，中国已经停止发行外汇券了，绝版外汇券更升值百倍。

趁这里尚未被全球一体化污染，来吧，这最后的净土，呼吸、感受这不一样的陌生国度。

飞马做忽必烈大汗：蒲甘

蒲甘（Bagan），在缅甸 2000 年历史的长河中，是一闪即逝的超新星，短暂却耀目。

短短 200 年，蒲甘留下的上千座佛塔，千年风吹雨打，屹立不倒，

锋利的笋尖拔地而起向天攀，方形生日蛋糕一层一层往上叠↑

至今仍是全世界最大规模的古佛塔群建筑。

比蒲甘古城面积大 23 万倍的中国，全国现存古代佛塔有多少座？答案是 2000 多座，差不多是蒲甘的一半数量。全部欧洲的中世纪教堂共存 4000 多座，如果全部搬来放在九龙半岛——这就是蒲甘现存佛塔的密度。

42 平方公里的蒲甘古城，至今矗立着 4400 座形形色色的千年佛塔，无一相同，密得就像三步一间古老寺庙，五步一座千年佛塔。

怪不得“Lonely Planet”（孤独星球）这样推崇蒲甘：“唯一可以和吴哥窟相提并论、最伟大的东南亚古迹景点，非缅甸的蒲甘古城莫属。两者时代同为公元 1000 年左右，但蒲甘遗迹中寺庙和古塔的数量和规模，还远超吴哥窟。”

蒲甘王朝诞生于 1044 年（相当于中国北宋），国王阿罗隆多（Anawrahta）首次统一了缅甸，建立了物产丰饶、富裕强大的蒲甘王朝，这是 1000 年前整个东南亚最大的王国，也是缅甸历史上最黄金的盛世。阿罗隆多是一位虔诚的佛教徒，前往南部取经后，确定小乘佛教为国教。如同埃及的法老王修建金字塔，阿罗隆多集中缅甸全国之工匠，在小如九龙的蒲甘古城大肆修建佛塔。平均每年修建50座以上，建筑了过万座佛塔，同时也耗尽了国家的财力。经过千年地震及战火的洗劫，现今仍然有4400座屹立不倒。

当阿罗隆多王努力大肆修建金碧辉煌的佛塔时，中国时值风烛残年的南宋末年，蒙古元世祖忽必烈大汗在1276年攻破临安，俘虏宋恭帝。1279年，陆秀夫抱着幼主，由中原逃来香港，在九龙宋皇台公园附近投海自杀，南宋亡。八年后（1287年），元朝军队打下中南半岛，进而攻占了缅甸，结束了辉煌而短暂的蒲甘王朝。

相信此时再环顾中原大地，除了那24.8厘米高的《清明上河图》，已没有什么地方还有原汁原味的宋朝城乡风貌供回味了。

但今天来到蒲甘古城，保证你可以做一次忽必烈大汗。700多年前，经过千里大漠上的飞驰，骑马来到蒲甘，吓呆了大汗的天外星球一般的异域美景，千年来没有改变。

↓腾云驾雾的感觉

曙光下，这些1000岁的巨大精灵相当于现代20层楼高↓

日出平原的 4000 位宫女

700 多年前被忽必烈灭国之后，这一望无际的平原上的古塔群就被放弃了，没有修建过任何东西，更没有任何现代建筑，任由黑压压的矮树和遍地野草丛生，偶尔有山羊在踱步吃草边的露水。

凌晨 5 点半，头顶的天空尚是乌黑一片。直至天边，涂上一抹又一抹绯红绯红的少女胭脂。

浪漫漫天的粉红粉蓝，唤醒了千里平原上的4000个巨大精灵。曙光下，这些 1000 岁的巨大精灵高达 200 多英尺，相当于现代 20 层楼高，屹立在平原 10 英尺高的树丛野草中，像是沙漠中矗立着 4000 座国金大厦。

精灵们吃了长生不老药，在这里等待了我 1000 年，仍然丝毫无损，娇艳欲滴，仍然爆炸般地震撼着我的双眼。

天边涂着胭脂的脸颊上，贴上了闪闪发光的片片金箔面膜。

地上的精灵摆好车马是要表演给我看——或卧或立，锋利的笋尖拔地而起向天攀，方形生日蛋糕一层一层往上叠，蘑菇跳跃着伸伸懒腰，

↓看，日出了

沐浴在金光中的少女剪影↓

一顶顶皇冠上的钻石尖端锋利无比。更多的是万千性感的少女乳峰，由面前排到天边，形状不一，高矮有致，大小各异，醒了，整齐地向天挺着胸，刺破了红霞。

云端下的熊熊大火，烧得红霞结晶成为闪亮晶莹的黄金琉璃，温暖而光彩流华。

呵气如兰的少女精灵们，吐出林间的白雾缈缈。后面黑压压的一大堆，原来不是树顶，而是矮短一些的葫芦，每个头上或长或短的尖峰头刺向天空。

当黄金琉璃彩霞拉开了泛白的窗帘，天神的标枪手站在窗后，奋力投射出耀眼夺目的第一道金光，日出了！

沐浴在金光中的是面前高高低低远远近近的少女剪影，但身后的黑影，已经掀起红盖头，露出刚起床的少女因害羞而红晕的面目。原来，1000 年前蒲甘国王就是用这种脂粉颜色的红砖来修建他的梦境国度——万塔之城。

千年如是，阳光每天来唤醒给国王请安的队伍，多达 4000 位的绯红宫女，列队待发，日出而作，朝朝如是。

成为“世界文化遗产”之前

宁静地坐在塔上看日出时的万塔，眼前的秀色可餐，不知道何时到期？趁这里还没有一车车的游客用各国语言叫嚣；趁这里还没有任何卡拉 OK、夜市、7-ELEVEN 或超英赶美的现代化摩天大楼；趁这里的小孩子还未懂得什么都讲“one dollar，one dollar”（一美元，一美元），赶紧来这真正的最后乐土体验吧！

澳门加入联合国教科文组织（UNESCO）就大肆庆祝，世界各地的景点都争相抢这个金漆招牌，但蒲甘明明是和吴哥窟同级的世界文化奇迹，到今天居然连联合国教科文组织世界遗产名录都没有被列入。据说是因为缅甸军政府和联合国的摩擦。缅甸就是这么与世无争。

其实没有加入联合国教科文组织也没有关系。早在1298年，来到东方的马可·波罗已经给蒲甘题了个金漆招牌：“这景色不是在人间，如此华丽细致但规模空前。”

蒲甘连民居都没有，因为在1990年，军政府将所有当地居民搬迁到14公里外的新蒲甘，令蒲甘古城更加不食人间烟火，如同印加的马丘比丘，日落后游客散去，这里就回到千年前的宁静样子，4000位宫女打道回宫，乌灯黑火，静候下一个日出。

我曾担心，在这么赤贫的地方旅游，是否活受罪？当踏上泊在蒲甘岸边的邮轮时，我就完全放心了。来自德国莱茵河的豪华邮轮“曼德勒之路”

佛塔上，小孩们对我的气球虎视眈眈↓

↑“曼德勒之路”生于德国，现在往返于蒲甘和曼德勒

（Road to Mandalay），途经半个地球，来到了缅甸的主要河流——伊洛瓦底江。

一起做“刘德华”

邮轮安排了坐马车去观日出后，提供单车，供我们穿梭于蒲甘各著名的佛塔参观。如最高的达宾纽寺（Thatbyinnyu），建于1144年，有210英尺高，藏在草堆之中，方形的基座像生日蛋糕，令我想起意大利米兰的天主教堂。最华丽的阿南达寺（Ananda），建于1091年，外墙仍有千年瓷砖，四面各有由一整根柚木雕成的92英尺高的立佛，香火旺盛，男士可以上去为佛像贴金箔。还有保存了千年壁画的Myinkuba寺，不可拍照。还有瑞西光

深入新蒲甘的村落，你可以得到天王巨星般前呼后拥的接待↑

塔（Shwezigon Paya），是仰光大金塔的原型。日落的热门观赏地点是达玛斯伽寺（Dhammayazika），登上30多级石梯已可以俯瞰平原。日出时我换了另一个观赏地点——瑞山陀塔（Shwesandaw Paya），个人认为，视野比前者更佳，而且完全没有人打扰。

深入新蒲甘的村落，你更可得到天王巨星般前呼后拥的接待，少则十个八个，多则几十人恭迎。秘诀是什么？20年前老掉牙的传说，在这里居然还有效。我带上在深圳用20元买的100个气球和10元一打的中华牌铅笔，使我终于圆梦了。全村的大小朋友，一人一个气球，已经开心得笑个不停。

看着这些发自内心、纯真无添加剂的笑容，世上实在没有任何东西可以相比。

豪游伊洛瓦底江
——“曼德勒之路”

“佛塔山上的那一位缅甸姑娘，借着钟声向海说：回来吧，英国士兵，踏上‘曼德勒之路’，回来曼德勒吧！”18 世纪英国首位荣获诺贝尔文学奖的大诗人拉迪亚德·吉卜林（Rudyard Kipling），写下了这首脍炙

↓佛塔山上的那一位缅甸姑娘，借着钟声向海说：回来吧，英国士兵

人口的诗歌《曼德勒》，这首诗后来更被改编成歌曲，描绘出中世纪后英国人对遥远东方异国风情的浪漫想象。

今天，我也坐上真正的“曼德勒之路”豪华邮轮，由蒲甘逆江而上，前往缅甸古都曼德勒。没有缅甸姑娘的难分难舍，只有我对这异国风情的无限依恋。

做王子：豪华邮轮出巡

时光倒流 100 年。缅甸是盛产柚木、红宝石、玉石、天然气、大米的黄金之地。1885 年三次英缅战争后，缅甸被英国完全占领，成为日不落帝国的明珠。1852 年，苏格兰商人的“Flotille”邮船已经在伊洛瓦底江开航。“二战”之前有 600 艘汽船在江上运作，一度是全球最大的内河运船队，非常繁荣。根据油画的描绘，1906 年，韦尔斯王子和王妃坐邮轮出巡缅甸，引起万人空巷，在江两岸跪拜王子乘坐的邮轮。英文文

↓坐在甲板上晒太阳是每天固定的程序

船上的房间更像酒店↓

献中解释，因为当时曼德勒王朝最后一个国王昏庸无道，所以不用开一枪，英国人就接受了缅甸的投降。

今天，你也可以奢华地当一次王子，坐邮轮出巡。来自德国莱茵河的豪华邮轮“曼德勒之路”，途经半个地球，来到缅甸伊洛瓦底江边的蒲甘，然后用了一年时间，由法国籍建筑师连同缅甸工匠重修及翻新，于2009年8月完成，令邮轮载客量由108人减至82人。三层缅甸柚木打造的邮轮全部都有空调，浴室铺设缅甸玉石瓷砖，偌大的步入式淋浴间是最新雨林式淋浴，洗浴用品更使用意大利名牌宝格丽（BVLGARI），靠枕是丝绸名牌Jim Thompson定制的。船上还有很多由缅甸工匠悉心雕刻的柚木墙身雕饰。行政总厨是来自加拿大的Christian（克里斯蒂安），保证每日提供不同的各国菜式。此外，还有一大堆设施，如钢琴吧（Piano Bar）、观景酒廊、设有泳池的甲板、精品店、按摩及健身中心。不是德籍经理阿斯托（Aster）介绍，难以想象在这东南亚最贫穷的国家，能有这么奢华的享受。

我曾乘过航行在尼罗河、恒河、长江、湄公河等著名大江上的邮轮，“曼德勒之路”仍然梦幻震撼……

登上豪华德国邮轮“曼德勒之路”，离开蒲甘，沿伊洛瓦底江逆流而上，前往第二大城市曼德勒。船的时速只有十里，所以十分平稳。没有任何通讯设施，但不愁没节目。在甲板上看书、游泳、喝香槟、闲聊，看两岸尽是田原风光，偶尔有茅屋一两间，还不时有放牛的小孩，骑在牛背上在岸边散步。

天边的彩云在飞，流光溢彩↑

日落大江醉倒人

直到平静如丝的黄色江面，哗啦啦地流出了一道金色火柱，时长时短，如影随形。天边的彩云在飞，流光溢彩。火柱越烧越烈，将岸边的树林都烧成剪影。天上挂着一个大橘子，熟透成香槟黄，沉甸甸地垂到江面，将半江水染成满地黄金。归家的渔夫，撑一艘尖尖的小舢板，将黄金划成万缕金丝，织出波澜起伏的黄金绸缎，铺到岸边，醉倒了甲板上每一个看风景的人。

日落了，天上只剩下漫天红霞，江面铅华尽褪，变成绿紫色的彩衣，深浅有致。船边扬起芝麻点点的波纹，直到晾晒彩衣的天神收衫了，船只就抛锚在江的中心。两岸前不着村，后不着店，人烟罕至，除了黑压压的树林，还是无尽的黑。

天上人间亮晶晶

宝蓝色的天国街道，纷纷点起了圣诞节的点点灯饰。不是一颗颗，而是无数的一串串、一丛丛，如同平安夜时维多利亚港两岸的万家灯火，闪烁不停。

再看回面前乌黑的上游江面，绽放出一朵两朵三朵的莲花灯，越来越多，直到形成万千花海。像是天际明亮闪烁的银河星汉、牛郎织女身边的萤火虫，一大堆一大堆地掉下来。

江面每一盏摇摇欲坠、飘飘而燃的莲花灯，红的、绿的、黄的，顺着水流走过来，看清楚一点，原来都是银河中一颗颗星星的灵魂，由江这边，挣扎漂流到天边，要去找他和她天上的兄弟姐妹。

所有莲花灯经过邮轮时，千点五颜六色的蜡烛光热情地包围着我，差点让我跨出甲板，去漫步银河，一刹那的美丽梦境令人难以相信。

当数到的第 2009 盏莲花灯悠悠飘过我身边的时候，我跑去船尾看远去的水灯，组成一个熟悉的场面——飞机夜降香港时，俯瞰到的万家灯火，正在不停地往下游褪去，一点一点消失在水平线，江面恢复以黑漆一般。

仰望天上的银河，亿万寒星已经汇聚，流成如梦似幻的钻石大江。难道不是真的吧？那么多、那么密的钻石阵容，如牛毛，像晨雾，似春雨。一定是云集了全世界珠宝店的所有卡装钻石，再召集地球上所有的巧匠，将每一英寸蓝宝石盘般的夜空密密麻麻都嵌满。

一颗调皮的流星划过那宽广无际的银河。我只愿，这天上人间美景长驻。夜梦这巨大的邮轮，在闪闪银河中泛舟，看回地上的伊洛瓦底江，原来是银河落九天的倒影，怪不得那么得天独厚！

这是“曼德勒之路”的“惊喜节目”，在第二晚的 9 点 45 分上映。总经理阿斯托说，灵感来自于水灯节。每次要村民手制 2009 盏不同颜色的莲花灯，天气好时，在一公里外的上游，乘小木船，一人划桨，一人将一盏盏水灯放在江中不同的位置，配合水流速度，才可以让巨大邮轮上的数十宾客，享用这奢华的“天时、水利、人和”的完美十分钟。

那天上的银河呢？不会是邮轮的安排吧？但阿斯托说不然，邮轮是故意停泊在乌灯黑火的江面地段，离城市村落十万八千里，因为岸边有任何街灯或居民，都会影响到银河中星星的数量。她笑着说：“地上多一盏灯，天上就熄一颗星。”怪不得，东方之珠的香港夜空，一颗星星也找不到了。

有了这么梦境似的特别节目，其他两晚的民族服装猫步舞（catwalk）和民族舞蹈，就相形见绌了。虽然那些大学生的表演青涩而可爱，但钢琴吧的年轻乐手，更受我们欢迎，因为他会弹很多粤语或国语流行曲，令我们可以每晚当卡拉 OK 一样点唱！

↓船上学穿民族服装罗衣

年轻乐手更受欢迎，他会弹粤语或国语流行曲↓

德法缅中日食不停

白天船上有很多节目，如上岸观光、船上做按摩或瑜伽、学缅甸菜、学穿民族服装罗衣（Longyi，缅甸传统服饰），其他时间都发呆。重要的节目，就是一天的三餐。好在德法混血的大厨克里斯蒂安很怕闷，每天都有惊喜给我们。

例如头盘的鲜虾冻汤，虽然是冻汤，但依然汤浓味鲜，没有一点腥味，在旁边放上番茄、洋葱、面包干、干葱及黄椒，既是点缀亦是配料，可随个人喜好加入汤中而带出不同味道。鲜虾冻汤一点都不腻不滞，不像平常喝龙虾汤，喝下已半饱的感觉，而且还带点清新的感觉，带起食欲，尤其在热带地区，是一道非常可口的开胃头盘。

缅甸菜的绿茶沙律，更是又香又浓，原来是将缅甸茶、辣椒、油、蒜等混合后放进冰箱一周，待成为泥巴一样的酱，再加在沙律上，其貌不扬，但茶香留颊。主菜咖喱羊扒，手艺了得，羊扒煎得恰到好处，不会太生或太熟，肉质鲜嫩。

↓咖喱羊扒，手艺了得

黑胡椒吞拿鱼↓

另一晚的主菜是黑胡椒烧吞拿鱼。将吞拿鱼用类似日本人处理鲣鱼作为刺身的做法，外熟内生，吞拿鱼表面沾上新磨的黑胡椒，再蘸一点浓郁的番茄酱汁，酱汁不但没有盖过吞拿鱼的味道，还带出鱼的鲜味。

第三日的午餐在甲板上，岸边有越来越多的佛塔，忽地汽笛大鸣，前面出现两座大桥横跨大江，曼德勒到了。

时光倒流 200 年

1824 年英国人占领这里时，见到“沿着伊洛瓦底江都是茅草小屋，渔民住在里面。偶尔有五六层高的佛塔刺破天空”。咦，和我眼前的景色，怎么一模一样？

这是缅甸最大的诱惑，时光最少倒流两个世纪。近 40 年的锁国政策，唯一的好处是保留了所有的古老传统和使 18 世纪无数英国文豪、诗人竞折腰的异国风貌——时光凝固了。

如果你要等手机和无线网络通行时，才肯来缅甸，恐怕你看到的只会是另一个东南亚国家。封闭复古，对其人民来说或许是不情愿的；残酷一些，对游客却是一种惊喜的体验。难怪缅甸航空的杂志也自称是“全球化下免疫的独特国家”。当你在西班牙的小镇、在布宜诺斯艾利斯、在加尔各答都见到同样的品牌和店铺时，你会享受地球上仅有的少数未被全球化污染的地方。

四天的邮轮到了尾声，我怕闷带来消闲的一大堆杂志，还没有动过。原以为老人家或退休人士才适合的邮轮，每天由早到晚都有丰富的节目。

看日出、学烹调、上岸观光、喝香槟看日落、晚餐的 Alacarte（照菜单点），吃了四天都未试完其洋缅菜式，晚上又有各种表演，有算命师傅上船来讲缅甸的星相学，又可以和朋友唱歌、喝红酒、讲鬼古、聊天到半夜。

异国风情的缅甸，没有一处像我们熟悉的东南亚，令我拍个不停。友善温顺的当地人又会讲英语，问他们可否拍照，99% 都会笑逐颜开，一起让我慢慢拍，然后挥手再见，无欲无求。

每天上岸，我总会带一些小礼物送给小朋友。一支两毛钱的中华牌铅笔，引来十多个小孩跟着旅游车跑得气喘。一毛钱的气球，可以逗得全村的大小朋友欢乐一整天。邮轮上的免费洗头水，更是一群女孩早晨 5 点天未亮就手持电筒，站在码头等我的原因！跟着我爬上佛塔的 14 岁小学生苏苏（Susu），家住草屋，真正是家徒四壁，因为家具电器欠奉，连一件 T 恤也买不起，星期天也是穿校服玩。我送他一本小小的便利贴纸，已经令他开心不已。

我更开心，因为发现了幸福的秘密——单纯简单的感恩之心。

↓船上的免费节目是一起画面膜 Thanaka[1]

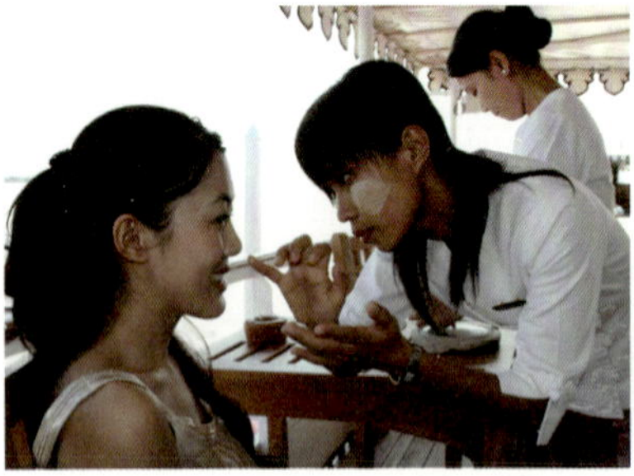

便利贴纸带来的欢乐↓

① Thanaka：名为檀娜卡，泰国和缅甸交界地一种用当地木苹果树的果肉制成的化妆品，可防止蚊子叮咬、预防疟疾。——编者注

缅甸最后的余晖

黄金之城曼德勒

“这是与世隔绝的异国”，18 世纪英国首位荣获诺贝尔文学奖的大诗人拉迪亚德·吉卜林这样称颂缅甸。

一个多世纪过去了，缅甸，好运地或不幸地，仍然是这样。

在船上，看到很多 1900 年左右的黑白历史相片，和现实的缅甸居然一模一样，街上的所有男人（包括年轻人）仍然全部穿着传统的裙裤罗衣，女人脸上抹着檀娜卡护肤粉末。大城市如仰光、曼德勒及乡村都如是。温和虔诚的佛教徒，数百年如一日地将积蓄买成金箔，贴在佛塔或佛像上。完全没有现代社会的气氛，也没有外界的物质化和现代化。这是光阴凝固了的国家。

1859 年曼德勒建城，刚好 150 岁，比蒲甘年轻很多，在英国人定都

↑早上化缘的小沙弥

缅甸女人脸上都会擦Thanaka美容↑

仰光前是王朝首都。这里离中国云南很近，20世纪90年代开放中缅边境后成为贸易中心，中国货经这里沿陆路去印度。所以市区很多中文招牌，如“休闲小站咖啡店”、“花花世界雪糕店”，都证明这里的中国城是很年轻的。

陋巷茅屋的后面，总藏着一支金光闪闪的佛塔。还有就是像便利店一样多的人肉电话亭，这里一个手机号码要2000美元，一个座机号码要3000美元，是当地人一年的工资！所以一机在手，绝对是生财工具。女孩拿着电话或手机，就坐在马路边，守株待兔。因为手机容易偷运进来，但号码和网络就是军政府的金鸡了，怪不得这里没有国际漫游。

缅甸之宝其中两个都可以在这里找到：柚木和黄金。

马哈术尼佛塔寺（Mahamuni）是曼德勒香火最旺的大庙，大金佛由金边抢到泰国，再被抢到缅甸。从1901年拍的相片看，由于不停地贴金，佛像的手脚已经肥到不成比例了。

到了金箔店，三个男人用木棍一下下敲打竹纸包着的一层层金片，直到打成薄如蝉翼的金箔，16克可以打出2000片一平方英寸的金箔，卖三美元十片。

曼德勒皇宫的金宫僧院，纯柚木建筑，曾贴满了金箔，现在铅华尽去了。每一平方英寸都雕满精致繁复的木雕，很像尼泊尔加德满都的木雕寺庙。

1859 年建成的固都陶佛塔（Kuthodaw），有 729 座白色小佛塔，每座内有一座巴利文石碑，刻有一章大藏经，用了九年才刻好，所以它也是世界上最大的一部书。

日落乌本霜满天

曼德勒以南 11 公里，就是旧都 Amara Bura（意为永生的城市），一点皇家味道也没有，现在主要生产云石佛像。电锯将云石粉打得满天飞，

日落乌本霜满天↓

工人从头到脚都成了粉人。一米高的佛像由整块云石切出，十个大汉才抬得动，约 500 美元，不算贵。

这里的名胜是乌本桥（U Bein Bridge），长达 1.2 公里，200 年前全部由三万多根柚木建成，至今仍是世界上最长的木桥。柚木防虫且坚固，两个世纪了仍然人来人往。因为太长，中间还有几座凉亭，供过桥者休息。乌本桥横跨东塔曼湖，湖中站立着枯树、卧睡着浅洲、穿梭着独木舟，构成一幅浓淡相宜的水墨画。

古色古香的柚木桥上各色人等川流不息，黄色袈裟的和尚在桥上打坐；会讲英文的和游客闲聊；粉红袈裟的尼姑低头赶着回庙；小贩头顶大盘上的香蕉叫卖；学生放学了，成群结队骑着单车回家；家庭主妇手提菜瓜，坐在桥中的凉亭说东家长西家短……一个小贩跟了我整座桥，要兜售她手中自制的手袋，细看原来是几千粒西瓜籽，用线穿好，编织成手袋，她说要做一整天！我问多少钱，她腼腆地低头说："1 dollar."（一美元）我也不好意思讲价了。放生一只猫头鹰还一美元呢！

走累了，我就在对岸的啤酒屋坐着，等待一位画家的出现，为这黑白的水墨画，泼出千变万化的色彩。

太阳伯伯赶着收工，打翻了苍穹的调色盘，将横亘天际的浅蓝色画布，染成一条彩虹般长长的围巾，丝巾底下部分呈深紫色，中间渐入佳境变成金黄色，上半部分由浅黄色慢慢过渡到无边的靛蓝。每一秒钟色彩都在混合、变化。

夕阳将彩虹围巾的底色画好了，我就坐上了独木舟，泛舟湖上，近距离欣赏柚木桥上上映了200年的好一幅活生生的“清明上河图”映画戏。

黑绸湖的水面，荡漾着一根根柚木的桥墩，水影拖得长长的。三万根柚木，逐英尺拉出1.2公里长的电影菲林，宽银幕地上映着古老的剪影无声剧。走在紫红色的彩虹上面，有两人亲密的剪影，男方手拖女方手，情深依偎。那一定是开场的情侣了。

飞扬的袈裟上，长了个慧黠的光头，独行桥上，一步一步地行“步行禅”。莽撞的单车小伙，冲进了画面，弯腰虾米似的，是由桥墩一边赶过来的一个学生哥。他在袈裟后面下了单车，推着单车，和师傅促膝谈心。

各人不缓不急，鱼贯而过，生动流畅，清晰立体，即使无声，仍然可以从彩虹绘成的背景、流动着的漆黑精致剪影中，看到和听到缅甸的民俗风情。

好一幅活生生的“清明上河图”映画戏↓

这是曼德勒最美的夕阳，因为它是缅甸王国最后 150 年的光辉。

第五天早晨去码头旁的村落布施，邮轮职员已为我们准备好了菜和饭，和老挝不同，这里不布施者不用跪地，站着就好。早晨七点，和尚带着小沙弥，由老至幼，鱼贯而行，让我将菜和饭放在化缘钵中。走在最后的是七岁的小沙弥，来到我面前时，我将全部剩下的茄子倒给了他，他笑呵呵的，因为今天不用吃饭了，吃茄子就饱了。

世界最大烂尾盘：名古

坐小船去曼德勒对岸的小镇名古（Mingu），清风阵阵，河岸有沙洲，住有很多“卖沙人”，沙洲上的矮小金字顶茅草屋，一眼就望通，空空如也，只能遮挡太阳，下大雨就会倒塌。他们干季出卖体力，将脚下的沙运到建筑工地；雨季失业又没有了草屋住，要去曼德勒街头露宿，十分艰苦。

名古最出名的是一个最大的烂尾地盘，这座像小山丘似的庞然大物，由红砖建成，1814 年国王计划要建全国最高的佛塔，光是基座就有 150

↓远望曼德勒

在辛比梅宝塔庙，巧遇大师傅出巡↓

米高，但工程才建了 1/3，就因国王驾崩而停工了，虽然未完成，但已经是世界上最大的红砖建筑了。可惜 1838 年地震，其外墙崩裂了。

在辛比梅宝塔庙(Hsinbyume Paya),刚好有大师傅出巡,有专人打伞,有警车开路，信众见到都跪拜，证明这里的和尚地位十分崇高！我过去和他合影，师傅和所有缅甸人一样，十分友善，还用英语问我是哪里来的。

热衷迁都的国家

回船吃午餐后，下午经过之前进港时见到的两座大桥，旧桥是英国人 1934 年建的，旁边的新桥是 2007 年新建的。过了对岸是另一个城市实皆（Sagaing），实皆是 1340 年至 1355 年缅甸的首都。

那么多首都，每个首都都是十多年就换，这和我们的观念很不同，例如北京成为首都近千年。由于缅甸国王十分迷信，来自印度的星相风水师傅往往老指点他们，要去新地方建首都，所以光是曼德勒附近就有三个曾做过首都的城市。其实，缅甸的首都，早已经不是我们以为的仰光了，2004 年，军政府已经迁都仰光东北 400 公里的新城市内比都（意即国王之都）。外国人禁止进入内比都，所以外国大使馆仍然留在仰光。

来自仰光的女士

来到仰光，请大家不要提那位最著名的被软禁在家的仰光居民的名字，只能说“那位女士”。看到高矗的仰光大金塔，我也忍住，没有问我的缅甸朋友 May（梅）有关 2007 年在大金塔发生的“袈裟革命”。因为政治仍然是很敏感且犯禁忌的话题，我也不想带麻烦给朋友。

依依不舍告别了“曼德勒之路”，坐内陆机来到仰光，已经是与世隔绝的第五日，没有上网，没有手机，没有美国广播电台。外面的世界，今夕何夕？似乎和缅甸都没有关系了。入住仰光使馆区的缅督府（Governor Residence），这里原是 1920 年一位缅甸总督的官邸，是洋溢着缅甸风格的柚木双层别墅。荷花池倒映着精雕细琢的柚木建筑，很有殖民地的感觉。即使这里可以上网，我也懒得上，习惯了吧！

放好行李后，打给我仰光的朋友梅，她是我的一位外籍朋友娶的缅甸太太，听闻她是一位女强人，有自己的旅行社。于是，我在仰光的主要节目就是和梅会面。她的司机来酒店接我，先去一间当地人的热门酒楼茶餐厅——Morning Star Tea Shop。早餐时座无虚席，下午五点关门，

↓仰光来的梅女士

缅甸人早午餐都在这种茶档吃面↓

所以没有做晚市。

梅先点了奶茶，300K[①]（约合 2.5 港币），类似一般香港茶餐厅的"茶走"[②]，但冲出来的奶茶水平很高，奶茶香浓幼滑，和我在印度喝的 chai 味道一样。但是可能当地人吃得比较甜，会放很多炼奶（即炼乳），我个人会选择少甜。Morning Star 因水滚茶香而出名，所以 1996 年在曼德勒开店后，现在光是仰光就有四家分店，是缅甸茶餐厅的最大连锁店。我问她为什么不见美式的星巴克、麦当劳，原来是被政府禁止的。

缅甸人早午餐都吃面。著名的有椰汁面，一碗 700K（约合 5.6 港币），面汤浓厚得有一点糊状，比香港吃得到的担担面还要浓厚，味道浓郁，面汤椰子味香浓，带一点咖喱味道，且带一点点的香辣。咖喱捞面也是 700K，面质似日本乌冬面，但比较细小，配以浓厚的咖喱捞面酱，配上鱼肉、香脆的炸面碎、炸花生、葱花，非常香口，但比较辣。不能吃太辣的人，未必可品尝此捞面，但这捞面是我最喜爱的。

我问梅，仰光的大学生月薪是多少？她说名牌大学的、英文好的，可以找到十万 K（约合 780 港币）的工作，她指着茶餐厅的侍应说，像不懂英文的农村小伙，店主提供食住，人工只有一万 K（约合 78 港币）。

---

① 缅甸货币单位为 K yat，一美元兑换 1000 K yat，可以在酒店兑换。美元也通行，"曼德勒之路"船上所有价格均以美元定价，并以美元找赎。

② 茶走：指奶茶不要加入糖和淡奶，而是加入炼奶。源自港式丝袜奶茶。——编者注

仰光是英国人 1852 年定都的城市，由英国人策划，以市中心的八角形塔苏勃佛塔（Sule Paya）为中心（和拉萨市中心的八角街类似），笔直方正的格子小区，就以离苏勃佛塔多少公里命名，例如梅住的别墅所在区域叫“3 公里”，又有泳池，她当然是有钱人了。机场所在区叫“8 公里”。

这里最著名的景点是瑞光大金塔（Shwedegon Pagoda），是缅甸和仰光的象征。官方资料说这座塔有 2500 年历史。仰光的历史才百多年，所以梅同我都不太相信这项数据。塔高 98 米，每年雨季后都重新贴金。由于十月雨季刚完，才贴了一半，下半露出原本的红砖。入场费本地人免费，外国人五美元，但有观光电梯搭，真的很有 20 世纪 80 年代内地的感觉。98 米的塔顶用纯金再装饰有 50 卡的钻石，所以四周有望远镜供人观赏。主塔四周有 82 座小佛塔，还有玉佛供善众沐浴。

我们开车来到海边的海滨路（Strand Road）。码头叫 Sin Oh Dan Petty，一字排开可以过十艘客货轮，这种客货轮上层坐满了人，下层是货物。这里人来人往很热闹，苦力众多，缅甸语也是叫 Coolie（苦力），梅说这是香港传过来的名字。他们不停地由货车上背下大米、木板、油漆等货物，压得苦力们的腰都快要贴地了，是一份苦差。休息时，苦力们聚在一起，用汽水盖儿下棋，还有两个苦力连汽水盖儿都没有，就用竹片大战青辣椒仔。

梅又带我去附近的中国城，街边很多小食档，有中文及缅文招牌和菜单，如耳丝（云南菜）500K（约合 41 港币）一份，比昆明还要便宜。

档主也是云南西双版纳人。

码头对面是一排排英国维多利亚式的建筑，绝对是东南亚独有的风景线。包括最高法院和市政厅，还有 1896 年开业的海滨宾馆（Strand Hotel），比我们的半岛酒店还早了 30 年，在这里可以做一个殖民时代的梦。梅承袭了英国人的传统，请我喝一杯晚餐前的开胃酒，就定在海滨酒吧（Strand bar），一杯饮料大约十美元。快走时，忽然听到一阵叫喊，原来是电视转播英超球赛，缅甸球迷不停地为曼联叫嚷打气。

我忽然想起香港了。仿佛走进了黑白照片中的战前香港中环的德辅道中，一排林立的英国维多利亚式建筑。和香港 1842 年开始被英国殖民一样，缅甸被英国殖民了 100 多年，为什么命运就那么捉弄人呢？

美国总统杰斐逊说："人生而平等。"为什么香港人可以随时去缅甸旅游或买玉，缅甸人去香港难过登天呢？特别是看到这么多"本是同根生"的英国前殖民地子民雷同的地方时，我心戚戚然。

04

印尼

瞬间看历史：宗教诞生

公元前 563 年，释迦族的王太子释迦牟尼出生，
35 岁创立佛教。
571 年，穆罕默德出生于麦加。他创立了伊斯兰教，
现在最大的伊斯兰国家是印度尼西亚。

回看中原大地

公元前 551 年，孔子出生。他创立了儒家。
公元前 139 年，张骞出使西域，开拓丝绸之路，
传入佛教。
386~589 年，
中国处于分裂的南北朝时期，由印度传入的佛教
盛行，曾发生过两次灭佛运动。

佛教东传的边陲

飞机上半梦半醒了四个半小时到达雅加达，等候三小时再乘印尼航空班机约一个小时，到达爪哇中部有500万人口的大城市日惹（Yogyakarta）——印度尼西亚最受外国游客喜爱的城市之一，也是爪哇岛最古老的城市之一。爪哇岛不仅是千岛之国印度尼西亚人口最多的岛屿，也是世界人口最多的岛屿，有一亿多人口在这个只有英国一半大的岛屿上居住。雅加达位于岛北部，日惹在岛中部，与岛南部遥遥相对的就是巴厘岛了。

日惹机场外，有度假村的职员来接。一个小时的黑漆漆后，到达一个远离人烟的避世度假村——阿曼佳沃（Amanjiwo）。从房间的落地玻璃窗望出去，是一个私人花园和私家泳池，泳池中泛着的点点亮光，来自前方的黑暗丛林，那里就是我的心灵桃花源——婆罗浮屠。

印度的岛屿上

一阵清澈的竹片琴琴音悠悠传来，带我来到大堂旁的露天餐厅。餐厅空无一人，只有三位乐师自顾自地在微笑，此起彼伏敲打着竹片琴。胃口不太好的我，一边看着酒店提供的《婆罗浮屠》画册，一边吃清淡的沙律。

印度尼西亚，在很多游客眼中，等于巴厘岛——东南亚唯一一个全民笃信印度教的岛屿。但印度尼西亚的国宝、世界七大奇迹之一的世界文化遗产，却是一座全世界最大的单一佛塔——婆罗浮屠，九层舍利塔仍然传颂着1100年前由印度和斯里兰卡的僧侣从海路传入的佛教智慧和文明。600年前，印度再传入新兴的伊斯兰教，自此印度尼西亚成为全世界最大的伊斯兰国家。

印度和印度尼西亚，这两个相隔一个印度洋的南亚和东南亚国家，

走吧，走吧，去智慧的彼岸↓

语言不同，人种不同，却存在着一种千年的特殊关系。

Indonesia（印度尼西亚）——“Indo”当然是印度，“Nesia ”是希腊语，意为岛屿，直译就是“印度的岛屿”。只可惜我的名字中有你，你的名字中却是没有我的。

千年一梦

婆罗浮屠这个公元 830 年完成的寺庙，后来被改信真神阿拉的苏丹人民遗忘，于是沉睡千年。当它再次出现在印度尼西亚的历史上，已是 1758 年。印度尼西亚当时已经历了印度教洗礼，转信了伊斯兰教。一位

←伊斯兰教徒曾认为这些佛塔是笼中的武士

日惹的王子听闻山中有大量“笼中的武士”而前去丛林探险。这位王子无视禁忌，还带走了一个“武士”的雕像。他回到王宫即暴病，一天后身亡，从此伊斯兰教的印度尼西亚人更视这些神秘的武士雕像为邪恶。这对于中国人来讲，是匪夷所思的，当自己祖先崇拜的佛像是邪恶战士？舍利塔当作笼子？是不是哪里搞错了？

中国自公元前104年起，司马迁开始编写《史记》。司马迁后的2000多年，中国各朝代均有详细的历史记载，是为“二十四史”。故此，中国人对自家历史可谓如数家珍。

但这种通史的文化，除了希腊的《荷马史诗》，并没有在印度尼西亚流传。印度尼西亚没有文字记录谁是婆罗浮屠的建造者，也不知道为何而建。现在通过比较佛塔地基的浮雕和王室族谱的铭文，人们推算佛塔建造于公元8世纪。曾经香火兴旺的佛塔，在何时被印度尼西亚人遗弃依然是一个谜团。婆罗浮屠曾经在若干世纪中沉睡于层层的火山灰之下和茂密的丛林之中。

直到1814年，派驻爪哇的英国副总督莱佛士因对爪哇的历史有着浓厚的兴趣，于是穿越爪哇岛，从当地居民口中得知森林中有这些邪恶的战士雕像，他花了两个月在丛林中开拓出一条通往婆罗浮屠的路，并记载在《爪哇历史》中，真相才大白——这是爪哇人祖先信仰伊斯兰教之前，信仰佛教而修建的圣地。爪哇近代的历史为英国人所记载，但1000多年前的爪哇历史，却全是中国的高僧旅游家记载下来的！

↑壁画中的室利佛逝国

一砖豆腐，诸法从缘生

穿一袭粉红沙丽的康卓仁波切（Khandro）和我坐上“嘚嘚嘚”的传统马车，一起游村寨。她的英文流利，举止优雅。康卓仁波切是位来自澳洲的西藏佛教高僧，曾在澳洲教静坐和冥想，刚被邀请来这里举办一个短期的冥想课程。课程昨天完结，欧美学员也回国了，她才有空留两天观光。

马车穿越阡陌之间，停在一个制造玻璃面的阿婆工房。玻璃面并非由我们常见的米粉或面粉制作，而是棕榈树木！棕榈树木煮成浆，然后压成纸一样薄，在田里晒干切条，就是透明无味而弹牙的玻璃面了。老婆婆笑呵呵地说："很便宜！一公斤一万卢布（相当于八港币）。"

另一个村有一对父子专做陶器，从去附近山上挖泥，到人手做陶器、晒干、烘烧、上色，均由一家人完成。他们最近一个星期专做陶制的油灯，因为他们接了一张 2000 个陶灯的大订单，我们也各买了一个，只需 1.6 港币。

远远的已闻到炸豆腐的香味，原来有一家人世代都以制作豆腐为生，不单有新鲜豆腐，老板娘还正在炸豆腐。康卓仁波切问怎么卖，豆腐娘说："一件炸豆腐，500 卢布！"

↓制造玻璃面的阿婆工房

由泥浆到陶制油灯，只需一分钟↓

↑老板娘正在炸“诸法从缘生”的豆腐

上了马车，康卓仁波切笑着问我：“你刚才听见两个文明的对话了吗？”我不明白。精通梵文的康卓仁波切解释，“卢布”来源古印度梵文 rūpyakam，意即“精制银币”，后来演变成为今天印度尼西亚以及南亚多国的货币名称。“豆腐”，当然是你们中国汉朝发明的千年美食。

“诸法从缘生，缘谢法即灭。我师大法门，常作如是观。”——《大乘集菩萨学论》

康卓仁波切引出这段佛偈，向我解释，简单如一句豆腐娘的话，也有印度和中国这两个文明古国飘落在南洋的影子。古往今来，因着百万先祖们海洋贸易的因缘，没有任何东西是空穴来风。这正是一砖“诸法从缘生”的豆腐啊！

康卓仁波切问我们的导游 Vishnu 是印度教徒吗？导游不停地点头。康卓仁波切后来告诉我 “Vishnu ”即是印度教中保护之神——毗湿奴神！ “缘谢法即灭，今天的印度尼西亚已经没有佛教徒，这正是佛教和印度尼西亚人的缘分在 1100 年前有生，600 年前就有灭。”

我趁机问：“那么爱情也是有生有灭吗？看电影，不是说有‘永恒’的爱情吗？”

她指着沿途的树木说：“所有宇宙万物、爱情友情、健康事业，都是你我他和缘分的光合作用，无时无刻不在变化，怎么会有永恒？那女孩是你的初恋情人吗？”

我哑了，因为我实在无法用手指去计算，她是我的第几任女友呢。

马车穿越阡陌之间↓

奉納
奉納

从缘生”的豆腐啊!

康卓仁波切问我们的导游 Vishnu 是印度教徒吗?导游不停地点头。康卓仁波切后来告诉我 “Vishnu ”即是印度教中保护之神——毗湿奴神! “缘谢法即灭,今天的印度尼西亚已经没有佛教徒,这正是佛教和印度尼西亚人的缘分在 1100 年前有生,600 年前就有灭。”

我趁机问:“那么爱情也是有生有灭吗?看电影,不是说有‘永恒’的爱情吗?”

她指着沿途的树木说:“所有宇宙万物、爱情友情、健康事业,都是你我他和缘分的光合作用,无时无刻不在变化,怎么会有永恒?那女孩是你的初恋情人吗?”

我哑了,因为我实在无法用手指去计算,她是我的第几任女友呢。

马车穿越阡陌之间↓

她看着我数手指，笑道：“再过十年，或二十年，你回望一下今天的烦恼。你认为，你对她的爱恋，会是永恒的吗？”

在马车上，我终于想通了！爱情不会伴我一生，因为，和雄伟高大的婆罗浮屠一样，有始必有终，缘谢法即灭。我们的缘分到期了，所以，爱火熄灭了。我为什么还要对着一盆黑黑的木炭徒自伤心呢？

心灵按摩椅——2500 年的智慧

到了午餐时间，马车带我们来到一家豪宅，已有两位侍应拿出香草冰毛巾恭候我们。坐下，天籁奏鸣曲响起，是面前两条大河相撞击的巨大咆哮声音。一条清澈，一条黄澄。在此野餐，我们不禁唱起印度尼西亚民歌《美丽棱罗河》！

下午我们在和婆罗浮屠一样年纪的千年古刹梅都佛庙（Mendut）单独专心打坐。公元 695 年，由中国唐朝来的义净法师也曾经在此打坐呢。

刚下过一阵小雨，古刹顶部滴滴答答。康卓仁波切教我唱起了 2500 年前的古代印度梵音歌——《Heart Santra》,开头是“Aryavalokitesvara Bodhisattva”，每个字很长，而且完全听不懂！

婉转优美，康卓仁波切清泉般的咏唱，回响在空荡的石塔尖。听着听着，我的眼泪不自觉地掉下来，不悲不喜，轻柔地洗涤我的心灵。每一句梵音，具有 2500 年超凡人类智慧的结晶，在这千年古刹，激荡出强大的磁场，将我像婴儿一样包裹，在充满幸福感的空间中漂浮起来，

↑在此野餐，我们不禁唱起印度尼西亚民歌《美丽棱罗河》

千年古刹梅都佛庙↑

抚平我的感情伤痕，按摩我的弱小心灵。

从梅都佛庙出来后，我虽然还没到智慧快乐的彼岸，但经过咏唱打坐，人轻巧了很多，因为所有失恋的负能量都从我的身体流了出来。康卓仁波切微笑着说："是啊，佛可不是万能的神，他不过是一个具有智慧的老师，所以我们才听他的教诲，丢掉烦恼。"我想一想，中文的"佛"字，不正是"人"字边的字吗？

苦集灭道——日出婆罗浮屠

凌晨四时星光灿烂之中，我和康卓仁波切就向婆罗浮屠进发，由阿

↑色不异空，空不异色

曼佳沃坐车只需五分钟。庙是一座小山，共有九层，下面六层是正方形，上面三层是圆形，最低层都是小型的佛塔，共有 162 座，往上中型的佛塔有 72 座，大型的有一座在顶部，每一座佛塔均有很多菱形石砖孔，的确很像笼子，可以看见里面坐着一尊石佛像。

天上漆黑的星空，涂成灰黑的水墨画，后面的画布被逐渐漂白。山下苍翠的村庄苏醒了，鸡犬相闻，山麓将身后的天空泼上橙红色的丹青。沉睡千年的佛塔苏醒了！

爬上最顶点的大佛塔，才能俯瞰到整个建筑为外方内圆，康卓仁波切指着说："你知道什么是 Mandala（曼陀罗）吗？这种中围对称的坛式格局，能聚集全宇宙的能量，所以柬埔寨的吴哥窟、西藏布达拉

曼陀罗中国对称的坛式格局，能聚集全宇宙的能量 ↑

宫，还有这里，都是Mandala格局的建筑——可以将负能量隔绝在外，保护我们，可以放心入定！”果然，这里的空气令人祥和愉快，我们静心呼吸，平静放松。然后轻松地抽离自己的身体，瞰览观察自己的心念和情绪，渐渐入定。“心无挂碍，无挂碍故，无有恐怖，远离颠倒梦想”，正是这种境界。

我的烦恼负离子一一被洗净，我的思绪也轻盈起飞，升到那云上的湖滨漫步。回看地上，天上的湖泊落九天，有一朵巨大的石莲花在水中盛放，千层的花瓣，正是九层舍利塔的层层叠叠。那就是婆罗浮屠（印度尼西亚文中，“婆罗”的意思是庙宇，“浮屠”是岛屿。）

佛塔分三界，最高的三层圆形的塔顶和主圆塔代表无色界

↑高的三层圆形塔顶和主圆塔代表无色界

↑色界的排水口也雕刻成凶猛的神兽

（Arupadhatu），佛龛像一个倒扣的钟，没有任何装饰，十分朴实无华的石塔。但塔身下面的回廊有精雕细琢的石雕，生动地刻画了佛陀的前生，因果报应律，以及修成正果的故事。

向下走，进入色界（Rupadhatu），五层方形塔开始有漂亮的雕刻，排水口也雕刻成凶猛的神兽。每一英寸的石板都雕琢成花纹或仙女。门廊上雕饰有巴厘岛常见的巴隆（ Barong ） 狮子头。

最下层的欲界（Kamadhatu）有 160 幅凡夫俗子的插科打诨生活百态雕像，如：婚礼、生子、饮酒、跳舞、吸毒、妓女、按摩、八卦等。如今我们去巴厘岛都会享受一番叫 Four Hands Spa（四手按摩） 。原来千年前，印度尼西亚贵族已有四人服侍按摩的 Spa 了。

我忍不住在色界和欲界徘徊拍照，因为人间繁华景象实在吸引我的视线。人潮开始涌现，直到所有楼梯上都站满了印度尼西亚人。大家都

↓色界门廊上雕饰的巴隆狮子头

最下层的欲界有大家喜爱的 Spa ↓

在佛塔前排队，等待伸出一只手去摸塔中佛像！据说会带来好运。好一个颠倒梦想的迷信！

归途中，我们停在对面的山坡上俯瞰阳光下发光的婆罗佛屠，阿曼佳沃准备了丰富的早餐，还提供了水彩和画架，让我们为这个世界文化遗址写生。明天就走了，我问康卓仁波切："人生不如意，十之八九，如何面对明天的各种烦恼？"

← 酒店提供了水彩和画架，让我为这个世界文化遗址写生

← 我的心无挂碍，如晴空万里

↑ 阿曼佳沃的餐厅有地道爪哇食品

著名的印度尼西亚虾片在 Munitilan Market 有售 ↑

她想了一会儿：“苦集灭道，是佛陀最初觉悟的道理，也是解除烦恼的方法。苦，人生苦多，所以排在第一位，你的生命中会经常出现不如意的事，令你不开心；集，就是找出问题的原因，例如失恋、被人炒鱿鱼。灭，就是灭贪瞋痴烦恼，到达涅槃。如何消灭呢？靠 “道 ”，一共有八个方法（八正道），例如：mindfulness（正念）、meditation（禅定）。你照这个步骤，自然可以离苦得乐，笑口常开！”

“Gone! Gone! Gone beyond! O what an awakening! 揭谛揭谛，波罗揭谛，波罗僧揭谛，菩提萨波诃！”我笑着回敬她一句英文及梵文。

我的心无挂碍，如晴空万里，幸福的感觉，已经在当下，和我活在一起了。

奉納
奉納

05

日本

瞬间看历史：中世纪

607 年，日本建成法隆寺，为世界现存最古老的木构建筑。南美洲的玛雅文明进入鼎盛期， 修建过金字塔。

回看中原大地

630~894 年，日本在 200 多年间均派出使节前往唐朝学习，是为“遣唐使”。

7月15日，天晴，川越

初夏中午和暖的金色阳光，照在懒洋洋的西武新宿线的列车上。隆隆车声中，我仍然听见理惠软软的东京少女的腔调，和我讲及她老家小学同学的趣事。

我努力地去忘记，上个月她在电邮中讲及，才22岁的她要出嫁了，婚后将辞去东京的工作，随夫迁去北方的钏路。所以这次我来东京出差，也没有告诉她。

在品川的会议室里，熬过了两天之后，我尚有一日的空闲。站在西武新宿站的地图前，一个地名——“川越”映入眼帘。

和理惠初相遇在涩谷的楼上小咖啡馆，她已向我提及她老家川越的一些有趣的地方，但我无心装载，并没有打算和她去乡下那种地方。

特急列车飞驰，她笑面的酒窝越来越清晰。45分钟后，到了终点站“本川越站”。和日本很多小镇一样，车站前就是一条大马路，也是镇

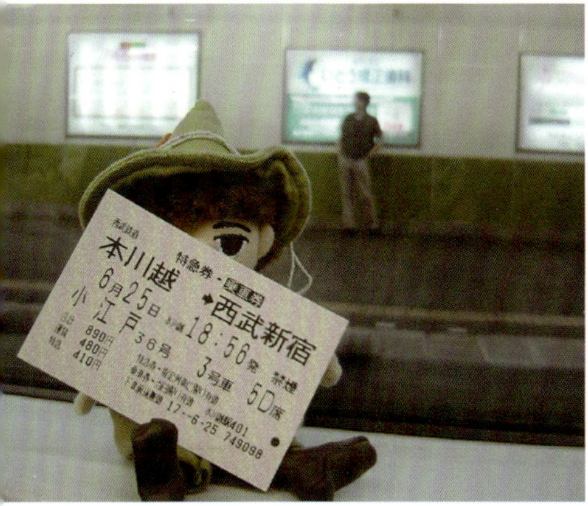

↑我有买车票

很有“世界中心呼唤爱”的感觉↑

内的主要商店街。宁静的马路旁，都是大正年代的黑瓦青砖老房子。尽管已有 100 多年的历史，因为商店一直在经营，有人打理，看上去比香港数十年的楼房还要新净，很有“世界中心呼唤爱”的感觉。

沿这样的商店街走十分钟，就到了理惠经常提到的果子屋横丁（日语是 Kashiya Yokozo）。19 世纪初的江户时代，这里便以手造糖果闻名于关东，最繁荣的昭和初期，横丁有 70 多间糖果店。“二战”之后，机械化生产后来居上，横丁成了明日黄花，现在这条 100 米长的小街道上，只有十多间历史的沉淀了。

时间在这里停摆了。制造糖果的方法和师傅，同 80 年前一样，用人手煮沸糖，又搓又打又拉，切出一粒粒的手造花糖。

一个四五岁的小男孩在妈妈身后，大口大口地吃紫色的雪糕，原来紫番薯是埼玉县的名产。理惠，你也一定想念这种家乡的味道吧？我一

↑给她的花糖

夏日节目↑

边吃一边想。

叽叽喳喳的，老远有一群刚放学的高校女生走进玉力制果。老店主久保田一郎，今年 68 岁了，仍然坚持每天上午十点至下午一点手工造糖。五彩缤纷的花糖，还带有些温度，和十多岁的女生一样，悦目得很。

美丽的夕阳，带走了和花糖一样娇嫩的女生。天涯路客，站在黄昏静寂的藏造之町，眼前都是百年历史的青砖老房，更觉苍凉。忽地传来“叮当”的钟声，这是町内最高的计时工具，敲醒梦中人。

每次，我都要等到至爱随风而去后，才开始慢慢回味，思念才会剪不断，理还乱。

这关东最甜蜜的宁静小街，呼唤着我心灵深处的甜蜜回忆，五彩缤纷的思念纠缠于脑海中。

也许只有非理性的恋爱才是美丽的，理性的现实婚姻是残酷的。正如这些貌美如花的手造糖果，赏于心，悦于目而已，吃下去，现实一点吧，只会增加你腰间的赘肉。

漫步在小方石头铺成的大手町，这曾是理惠归家的路吗？两旁的和式住宅，玄关都种满了鲜花，关不住的春光，争奇斗艳。一阵扑鼻的白婵花香，引领我来到一个啡色的木门前，灯火阑珊处，门牌写着“小屿”，这不正是理惠娘家的姓吗？

新宿西口，两个半小时后——长野

每天八点四十五分，由尖沙咀地铁B出口，走到上班的大厦，会经过九龙公园。三月，看嫩绿的新芽冒出头来，到六月变成翠绿的一大片茂盛的树荫。转眼十月，深绿需要加点想象，才联想到凉爽的秋意。圣诞节过了，萧瑟的枝条仍然顽强地支撑着处处的墨绿。365天，倒是闷坏了我的双眼。天啊，春夏秋冬，你们跑到哪里去了？

乍暖还寒之时，半夜收到朋友电邮来一张惊艳的相片，我远方的爱人——东京，换了洁白无瑕的雪装。连新宿南口的圣诞灯饰，都薄薄地铺上了一层白色粉雪做成的天然灯罩，犹如一个美女轻纱半遮面，更添神秘妩媚。

其实一月的东京本身已充满了惊喜。雨后春笋般的名店、潮店涌现在南青山、代官山等区。大部分百货公司和商场均在冬季大减价，虽然现在日元兑换价很高，仍很少有人可以忍手。

窗外的白桦湖↑

白桦湖也有未结冰的小湖泊↑

于是我急不可待地飞到东京。放下行装后，每天马不停蹄、朝十晚八，准时往返于新宿、原宿、池袋、涩谷等地疯狂搏杀后，荷包自然已经见底，我的行李箱已告爆破，护照的退税单已有十多页，脚力也日渐不济。于是，我放了疲惫的身心两日一夜的短暂假期。

早上九点由车水马龙、人潮涌动的新宿，坐上“池之平酒店”的专车巴士，睡了两个半小时，已到达被白雪皑皑的森林覆盖了 80% 的白雪公主的故乡——长野县。

沿着九曲十八弯的小路上山，高原上的白桦湖已经结冰，湖边就是“池之平酒店”。专车刚停定，已有一个年轻可人的制服小女生上车，不出声犹好，一出声已令我睡意全消，一口纯正的广东话：“欢迎各位香港来的朋友！我系 Joey（乔伊）。”

于是，这两天的温泉滑雪之旅，因为有这位刚刚在城市大学毕业的香港女孩，令 -10℃的长野深山也充满了意想不到的暖意。

她先带我参观了酒店旁的影绘美术馆，这是用日本传统的和纸剪贴而成的大型画作，置于灯箱后，更觉色彩缤纷艳丽。

其中一幅是介绍白桦湖四季风光的，鲜黄的野花和翠绿的青草交织成的山坡上，有两个牧童在吹萨克斯风，吸引了我的视线。Joey 见状说：“你夏天一定要来看看。我在这里看了四季，最美的是夏季，远比这幅画还要漂亮，而且比冬天更受日本国内游客欢迎。”我真的羡慕她，可以生活在四季分明的自然之中，总比我天天陪着从不换衣装的九龙公园强多了。

大吃了一餐长蟹脚、鱼生寿司等中西美食的自助晚餐后，躺在大露

↑影绘夏日的动人风景

在粉雪上跌跤也是幸福↑

天温泉中，夜间的节目就是欣赏深蓝色的冰天打开了帷幔，一位骑着白马的少女，洁白无瑕，冰雪闪亮，翩然而至，来自银河星汉。

原来，她不是孤独的。白马少女后面，是一大群风华绝代、千娇百媚的白衣少女，个个都穿着不尽相同的白色外套和裙子，或跑或跳，纷飞起舞，摇曳生姿，像一大群刚放学的女校中学生，心急地由刚响了放学铃的校门冲了出来。

第一位白衣少女由空中降落，撞到热气腾腾、白烟弥漫的乳液温泉上，如棉花糖一般徐徐融化，才令我的神经由紧张刺激的东京血拼之中舒缓过来。

那晚，夜泊大雪封山中的寂静酒店，细雪悄悄落无声。躺在温暖的和式榻榻米上，睡得好熟、好深。

“梦里不知身是客，一晌贪欢。”第二天早上，窗外雪地反射的强烈晨光刺醒了我。先学日本老人，早餐前去泡一次温泉，在40℃的温泉中漱洗，令人精神一振。穿着浴袍吃早餐，眼睛享受窗外宁静素颜的白桦湖，更加开胃。

滑雪板↑

雪盆令我快乐了一个上午↑

精神抖擞的我，似乎已充足了电。初级滑雪场就在酒店旁两分钟的路程，我勇敢地第一次踏上滑雪板，就和大人小孩一起跌跌撞撞地在雪地上滑起来。其实也不太难，和我们溜冰差不多的原理，溜不难，停车难。我玩了一上午就有模有样了，即使跌到地上也不痛，因为积雪比地毯还柔软，所以大人跌倒了，个个都返老还童般地哈哈大笑。

更加运动白痴的可以玩“雪盆”，就在初级滑雪场旁边。妈妈和小孩各持一个胶盆，走上斜坡或用行人电梯，然后坐在胶盆中，就这样滑下来，又简单又好玩。我看见有很多大小朋友玩了一上午，仍然玩得不亦乐乎。有时真正的快乐很简单，不是吗？

如同日本大部分的大型温泉酒店，池之平酒店也有电子游戏机铺、波子机、夹公仔机、保龄球馆、卡拉 OK、商店等，供大家茶余饭后娱乐一番。还有一个图片展，原来白桦湖是一个人工湖，当年开幕时日皇昭和还御驾亲临过。

第二天下午坐上专车，告别了热情可人的乔伊，傍晚就回到繁华喧闹的新宿。下山途中，和白雪皑皑的远山约好了，夏天黄花绿草编织好了锦缎山坡时，要去再看、再跌、再睡过。

06

柬埔寨

瞬间看历史：中世纪

1000 年，高棉王国建设吴哥窟。同期南美洲的玛雅文明神秘消失。印加王国的前身蒂亚瓦讷科帝国兴起。

回看中原大地

北宋（960~1127 年）
工商业科技发达，发明指南针、火药和活字印刷术。

金边好时光

当初，朋友提议去柬埔寨金边旅游，我是拒绝的。因为我觉得，你不能叫我去我就去。读者出来，一定骂我，根本没有这种景点，那里是假的！

也难怪，柬埔寨的国旗上、钞票上都是国家的象征——吴哥窟，以至于有旅客误以为吴哥窟就是柬埔寨的首都。

距离吴哥窟 314 公里的真正首都——金边，除了天生“二奶”命，令人印象最深的景点就是臭名昭著的“红高棉大屠杀”。1975 年，波尔布特领导的红色高棉攻克金边夺得政权，实行红色恐怖统治，一夜之间将全市居民赶出金边，进行大清洗般的屠杀。3 年之内，疯狂地屠杀了整个国家 1/3 的平民百姓。郊外的杀人场（Killing Field）、万人乱葬冈令人毛骨悚然。连市中心的一间小学都变成尸气冲天的 S-21 监狱，展示的是 17000 多名金边市民被折磨致死的鲜血淋淋的图片和千奇百怪、极其残忍的杀人刑具。唯一不算血淋淋的，是这个集中营最后的七名幸存者（技工、

苍茫的小吴哥↑

电工为主）的相片。这种负能量超额、阴风阵阵的“景点”，绝对可以令一个刚吃饱饭的游客呕吐大作，然后回家连续做一个月的噩梦。

我拒绝是有历史原因的。十年前，我第一次去金边旅游时，“红高棉大屠杀”是主要推介的旅游景点，连金边旅游局的地图也是以“Killing Field”为招牌。S-21门口还有一个巨大的柬埔寨地图欢迎旅客，令人不寒而栗，因为这是由几千个被害者的头骨堆砌在一个玻璃展柜里而拍成的！当地导游还厚颜地炫耀这些死者都是金边的年轻平民百姓，然后谈笑风生地叫我去拍照留念，当然被我拒绝了。近年来金边旅游局积极改善形象，这个令人极度不安的著名“人头地图”就收藏起来了。

十年之后，金边能否放下“红高棉”的尸骸包袱，成功洗底呢？

迷你吴哥窟：同你上宗教历史课

原来金边的历史不只是34年前的“红高棉”。让时光倒流583年。早在1431年，柬埔寨北面的暹罗（现今泰国）入侵，高棉国王就放弃了接近泰国的旧都吴哥，正式定都这里。结束了吴哥王朝，开创了新王朝，叫“金边王朝”（Phnom Penh）。

Phnom是山的意思，Penh是人名。据说从前有位叫Penh的老妇人，是虔诚的佛教徒。有一天，她看到洪水从上游冲下来几尊佛像，就请人打捞起来，并在自家门前筑起一座小土山，在山上建了寺庙供奉，这就是今天的塔山。后来，这个地方就叫作“金边王朝”了。当地的华人称之为“金塔”，后来和Penh结合起来，渐渐演变成“金边”。

旧金边以皇宫为中心，黄色的尖尖屋顶令人仿佛置身泰国曼谷的大皇宫。但仔细看，回廊上是仿吴哥窟的浮雕，旁边是印度教雕塑的石塔，还有一座法国送的铁屋。最特别的是银宫，地面用4700块实心纯银砖铺成。大殿内供奉的巨大整块翡翠佛像，更是柬埔寨的国宝。

↓小吴哥旁边的湖泊是水上乐园

夕照金边↓

有四只手臂的毗湿奴神↑

我在想，既然金边王朝是由吴哥窟移民过来的，这里有没有吴哥窟那般令世人惊叹的宏伟宗教建筑呢?

距离金边 30 公里的一个湖，叫 Tonle Bati，是金边人周末的天然水上乐园。一家老小，租一个水上的草屋，就这样吃喝玩乐一天!

湖边有一个迷你版的吴哥窟—— Ta Prohm，和吴哥窟最著名的巴戎庙同期（12 世纪）修建，这里虽然没有巴戎庙招牌式的 200 多座“微笑高棉四面佛”，但你只要弯下身来，就会欣赏到同等精致曼妙、诉说着千年故事的高棉石雕。

和吴哥窟一样，游客应该先对高棉王朝奉行的印度教（婆罗门教）和佛教的 3000 诸神有一点认识，才会看得见这些石雕不是一块块的烂鬼石头，从而听得懂一个个传颂千年的宗教故事。佛教对于我们并不陌生，而婆罗门教是世界四大宗教中最古老的宗教，连佛祖也曾经是婆罗门教的信奉者呢！

印度教其中最重要的主神有三位，分别为创造神梵天（Brahma）、保护神毗湿奴（Vishnu）和破坏神湿婆（Shiva）。只要仔细观赏石雕，就可以分辨。

小吴哥窟正门上方、七情上面的裸女上，端坐于莲座上的是毗湿奴神，有四只手臂。如果你看过曾获81届奥斯卡最佳电影奖的《一百万零一夜》（又译为《贫民窟的百万富翁》），其中的主角少年Jamal逃跑时，在小巷尽头盯着他的那个深蓝色皮肤的小孩，就是扮演的毗湿奴神。他是印度教中的保护神，通常以人形出现，四臂上分别持有轮、海螺、法杖和莲花，有时卧于七头蛇王（Naga，金边最大的酒店以此命名）身上，坐骑则是金翅鸟迦卢荼（Garuda，印度尼西亚航空公司以此命名）。他可谓变化多端，不仅有1000个称号，还曾多次以不同的化身来到人间拯救世界的神性。

说到七头蛇王，吴哥窟、小吴哥窟，连金边市中心的独立纪念石碑，到处都有它的踪影。在印度教中，七头蛇王被视为有灵性的生物，是泉水、井水和河流的保护神。它能够造雨带来丰收，但也带来洪水和干旱等灾害。佛教传说里，七头蛇王为金翅鸟的死敌，金翅鸟以七头蛇王为食。

另一个石雕对经常去曼谷的香港人很面善，就是拥有面向四方的四个头的创造神梵天（Brahma）。其实印度人很少崇拜他，反而南传到了东南亚，尤其泰国，他得到大众的普遍信仰，又称四面佛。

破坏神湿婆在起舞

跳舞的印度神通常是 Dancing Shiva，即破坏神湿婆。湿婆通常有三个头，长有第三只眼，拥有四到八只臂。湿婆是毁灭之神，也担当创造的职能，是印度教最为人敬畏的神，除毁灭外还可创造。佛教称他为大自在天，住色界之顶，为三千界之主。

所以，到小吴哥窟看石雕，就等于上了南传印度宗教活生生的一课。释迦牟尼创立佛教后 300 多年，印度孔雀王朝君主阿育王宣布佛教为国教，并借强大国力推广佛教到亚洲各地。到公元八世纪，印度宗教改革家商羯罗吸收了佛教和耆那教的某些教义，对婆罗门教进行改革而形成了印度教，并南传到高棉王朝。

所以，这里会看到印度也没有的奇迹——湿婆神上方，是盘腿而坐的佛陀。七头蛇王庇护着的是佛祖。因为印度教和佛教，在小吴哥窟这里已经是浑然一体了。

东方小巴黎的法式风味

金边王朝的好时光又过了 432 年，换来了法国的殖民。1863 年，为了对抗英国的扩张，法国占领柬埔寨。“二战”后法国重新占领柬埔寨，直到 1953 年柬独立。

虽然只是“被法国”了 90 年，金边浓浓的法式风味却挥之不去。因此得到“东方小巴黎”的美誉。

1923 年的花都，香奈儿小姐（Coco Chanel）刚刚开了自己的小店。

同一年，在遥远的东方，一个法国建筑师在金边市中心修建了一个“东方法式小酒店”，1929 年由当时的柬埔寨国王揭幕，这就是今天的金边莱佛士皇家酒店（Raffles Hotel Le Royal）。揭幕不到一年，1930 年就迎来了美国默片巨星查理·卓别林（Charlie Chaplin）入住。

1967 年，38 岁美丽大方的美国第一夫人杰奎琳·肯尼迪（Jacqueline Kennedy），在肯尼迪总统被暗杀四年后，参加“一生的梦想之旅——吴哥窟”的推广活动，入住了金边这间酒店。

想学杰奎琳·肯尼迪？其实这里的价格绝对亲民，房价由 160 美元起，可以享受到四脚贵妃浴缸、上世纪的木制电掣、柚木公主大床、柚木百叶窗、超高楼底，还有电影场景一般的黑白云石拼花地板。

再便宜一些，一美元也可以做一次法国梦，说的是街头巷尾都有的“金边法包”。爽脆加热了的法包，马上切开加入冰冷的青瓜、生菜、扎肉，最感动的是最后铺上热腾腾的肉臊！层次丰富，口感复杂，非常美味！

↓莱佛士古老的黑白云石地砖

精致的前菜↓

07

西班牙

瞬间看历史：航海大发现 & 欧洲殖民时期

1492 年，哥伦布由西班牙航至新大陆——命名为“美洲”。

回看中原大地

1405 年，三保太监郑和下西洋，宣昭颁赏，早过欧洲航海大发现 90 年。1433 年航行结束。

激情西班牙

一国两制：巴萨 VS. 皇马

我即使从不踢足球，也曾看过西班牙的两支劲旅——巴塞罗那大战宿敌皇家马德里，深仇大恨好像两个国家一样，势不两立。

500 年前，西班牙并不存在。现在西班牙东北部的自治区——加泰罗尼亚（Catalonia），当时是一个独立国家，首府是巴塞罗那，和比邻的另一个国家马德里平等对立。语言是加泰罗尼亚语，和西班牙语完全不同。1512 年，西班牙统一之后，两个民族冲突不断，独立运动也未曾间断。球场上最著名的一次对抗，是 1925 年和皇马对垒时，上万名巴萨球迷对西班牙国歌齐发嘘声，马德里当局大怒，勒令关闭巴萨主场半年，后来巴萨会长何塞普·索诺尔（Josep Sunyol）被枪决。

我初到巴塞罗那，已经是中午了。在西班牙广场附近的酒店安顿好后，就到了街上的一家咖啡馆吃午餐。正在担心菜单是加泰罗尼亚语，还是西

夕阳西下的太阳门↑

班牙语的时候，侍应同我讲起了国语！原来他是温州来打工的小伙子！他和太太经营这间餐厅7年了，太太做厨房，他做酒吧和侍应，他乡遇朋友，他送了一杯红酒给我喝。我问小伙子会讲什么话？他说当然是西班牙语了，现在年轻人都不讲加泰罗尼亚语了。半岛上两个民族500年的恩怨仇恨，在欧盟的大环境以及地球村一体化的趋势下，顿失焦点了。

情迷巴塞罗那的高迪

所以，当巴塞罗那最骄傲的儿子——高迪（Antonio Gaudi Cornet）的世纪遗作“圣家大教堂”，100年后由一位日本人接手继续修建，也不足为奇了。

有的国家一个世界遗产也没有，但光巴塞罗那就有 7 个高迪的遗作入选世界文化遗产名录，令这座城市弥漫着浓得化不开的“高迪味”。游客都是慕高迪大名而来的，所以，走进高迪的家之前，应该认识一下他。

高迪是加泰罗尼亚一个铜匠的儿子，幼患风湿症，行动不便。他 17 岁时在巴塞罗那就读建筑，因为行为怪异，教授断言他如果不是疯子就是天才。时值 20 世纪初期，巴塞罗那的中产阶级富裕而且乐于接受新兴的加泰罗尼亚风格的建筑。高迪遇上了他的伯乐——格尔（Guell），建了一系列著名的住宅大厦，全都列入联合国教科文组织名录。

这是没有直线的建筑，因为高迪认为，“直线是人类的，曲线是上帝的”。有建筑常识的人都知道，同一个建筑，曲线会比直线造价贵很多。格尔终生赞助高迪的计划，毫不考虑“实用面积”、“每平方米的造价”，才可以让我们过了 100 年，仍然欣赏到这些留给上帝的超时代的建筑。

格尔公园是我的第一站，不收门票。高迪果然鬼才，风格自成一家，没有师承，没有抄袭，奇形怪状，像是森林深处的野人之家，或高山之巅的神仙居停，还有巨形蘑菇、糖果屋和七彩大蜥蜴，绝非我等凡人居住的地方。1909 年这里是设计给六户住家的私人英式花园楼盘，盖好后，前卫的风格却吓怕了卖家，心旷神怡的小山上的六个别墅单位，只卖出去了一个，买家就是高迪本人。最后，政府只好在 1923 年收回来做公园，现在这个公园每年吸引几百万外国游客来朝圣呢。所以，商业的失败，可能是艺术的收获。

波浪形的米拉之家↑

《情迷巴塞罗那》中九曲十八弯的彩色马赛克石头椅↑

如果你看过《情迷巴塞罗那》这部电影的话，会对这里特别熟悉。因为电影中多次出现这里广场上的“九曲十八弯”彩色马赛克石椅，下午坐满了晒太阳的游客。

坐地铁到 Diagonal 站，一出来，沿众多游客的相机镜头指向的方向望去，就是米拉之家（Casa Mila），它是最具现代主义的高迪建筑，充满革命性的设计，是大师最成熟的商业作品。外观是波浪形的，没有一个直角。楼顶天台如同外星基地，有多个外星人头的奇怪雕塑，原来是大师为了美化天台不雅的烟囱而作出的创作。这里 1984 年已列入联合国教科文组织世界遗产名录，现在是私人公寓，入场费 9.8 欧罗（一欧罗约合 1.4 美元）。

沿着宽阔的 Gracia 大道，十分钟就走到第二个列入联合国教科文组织世界遗产名录的高迪名厦“巴特罗之家”（Casa Batllo），这是巴塞罗那最美丽的一座大厦，整座大厦以圣乔治斗恶龙的圣经故事为蓝本，屋顶是巨龙在腾飞，背上的鱼鳞是闪闪发光的七彩瓷砖，浮游在大片蓝色海洋的碎片上。烟囱上的十字架刺在龙背上，破墙而出的人骨阳台代表受难者。想象力丰富，入场费是 12 欧罗。很多年轻人坐在外面街边写生。

高迪的晚年是在圣家大教堂（Templo de la Sagrada Familia）的工地度过的，其实他也是死于此地附近的交通意外。这个自 1882 年开始兴建的巨大工程至今仍未完成。百年工程，今天还有吊臂和工人在工作。

高迪计划设计 18 座高塔，分别代表十二门徒、四位传教士、耶稣及圣母玛利亚，尚没有一座完成！尖塔太高，地上的两个入口反而更华

圣家大教堂还有吊臂和工人在工作↑

丽！分别是高迪原创的“诞生立面”，包括中间的基督之爱、左边的希望之门和右边的信仰之门，雕刻繁复细致。另一边的复活立面简约现代，原来它不是高迪的作品。

虽说这仍是欧洲的哥特式天主教堂，但圣家的风格独特，无法和其他任何一个教堂归类，繁复的漫天神像雕刻像印度庙的风格，但贴满五颜六色马赛克的花哨柱子，又像高迪自己的商业大厦。细看教堂顶居然还有巨大的菠萝、棒棒糖，大师果然童心未泯！

高迪在建筑他的童话世界时，地球的另一边——中国，时值水深火热的晚清时代，代表了东西方冲突的“八国联军入北京”，正发生在1900年。

马德里皇宫外的温州民工

坐一个小时的飞机到马德里，再坐地铁到市中心的太阳门 Sol，这里有一块地砖，写着 Sol 是西班牙的国家地理中心，全国距离的标注都是以此为起点。

马德里大皇宫（Palacio Real de Madrid），是仅次于凡尔赛宫和维也纳皇宫的欧洲第三大皇宫，门口排长龙。有不少国内来的农民工模样的人在卖纸扇，但他们不停地在逃避警察，一起开工的西班牙小贩反而不跑。我去问其中一位民工，他也是温州来的，他说："我们没有居留证嘛！"中国经济一直在起飞，我希望，过几年，温州的工资高过欧洲时，就不会有中国黑工了。

皇宫有 2800 间房，开放了 50 间，不能拍照。金碧辉煌的房间保留完好，比中国、俄国等经历过战乱国家的皇宫幸运得多了。中间的帝王厅天花板上刻有西班牙发现的新世界——美洲的地图。我相信，美洲人（包

↓马德里皇宫外的温州民工

西班牙小贩卖A货手袋↓

括北美和南美人）来到这里会更有感受，因为这个皇宫是美洲被发现后，由美洲抢回的财富修建的。今天美洲的形成，也是多得益于西班牙国王赞助哥伦布，1492 年向西航行发现美洲而开始。今天的中南美洲（除巴西外）都讲西班牙语，这个皇宫，更像是美洲的“根”吧！

虽然在西欧，今天的西班牙不富裕，也不先进。但 500 年前的西班牙航海家们发现了美洲大陆，一方面摧毁了南美的本土文明，包括中美洲的玛雅、秘鲁的印加，一方面带来了新的拉丁文化，大量的移民和土著通婚，产生了印第安土著以外的“安第斯人”，组成了今天南美洲主要族群。今天的西班牙，也仍然和南美洲保持了一种特殊的关系，与欧盟国家相比，西班牙和南美洲更像有血缘的亲戚。西班牙的新闻和报纸，有特别的版面专门报道秘鲁、阿根廷等南美洲国家的新闻。

马德里著名的美术馆叫普拉多博物馆（Prado，不是名牌 Prada），我对油画兴趣不大，就去了另一家 Museode Jamon 火腿博物馆。这里出售西班牙国民美食哈马火腿（Pama Ham），一份黑猪火腿包 2.8 欧罗，酒水全部一欧罗。怪不得总是挤满了客人。

托雷多一日游

第二天我去了托雷多（Toledo），这是 15 世纪画家埃尔·格列柯（El Greco）笔下的美丽小市镇，曾是西班牙的首都，天主教堂、清真寺、犹太教堂林立，也是有着丰富世界文化遗产的城市。我由马德里的阿托

↑托雷多俯瞰市中心的大教堂

查（Atocha）车站买火车票，相比日本，这个首都主要的火车站太低效率了。没有一部自动售票机，售票处挤满了人，要按排队号码买票，有两种选择，但只有西班牙文。我随便按了一个号码，等了半小时，才有好心人告诉我，这是预售明天的票。我又去重新按一张，来来回回，买一张火车票花了一个小时，十分扫兴。然后等了一个半小时才有车，坐半小时的快车就到了山城托雷多。

由火车站去山城要半小时。狭窄的上山石板路如迷宫，这个城市有三大宗教——天主教、伊斯兰教和犹太教，很多建筑都有三种宗教的混合风格。撞入了一间耶稣会教堂（Jesuit Church），给 2.5 欧罗就上了高塔，可以俯瞰整座山城，位于城中心的是马约尔广场（Plaza

波丁过百年的焗炉火气十足↑

Mayar）及混合了哥特式和巴洛可式的天主大教堂。安静的教堂只有我一个人，我自得其乐。

弗拉明戈舞的哀曲

回到马德里，晚餐订了波丁（Botin）餐厅，这是健力士世界纪录中最古老的餐厅，1725年开业至今，近300年里在同一个地方，用同一个木柴烤炉，卖同一味菜肴——“烤乳猪”。

地牢是最古老的部分，一切好像时光倒流回了280年前，坐在山洞中的古老木桌上吃最原始的烤乳猪！22欧罗一份，加半扎西班牙特饮桑格里厄汽酒（Sangria），然后和隔壁的挪威游客互相碰杯！

西班牙的最后一夜，去看弗拉明戈舞蹈，30 欧罗一场，小酒吧只有十张桌子，所以都很靠近小舞台，能近距离地感受到吉卜赛舞者的哀伤，看到她脸上细腻的表情变化。五个舞者坐在台上，一个接一个地出来献技。

密集，密集的节奏。

吉卜赛舞者的眼神，如泣如诉。她脚踏出一下接一下的紧迫节奏，快得如千军万马在大地上跑过。抑郁了一个世纪的哀怨，今晚要全部释放出来。她全身的力气，都齐聚在双脚下，努力踏出一首吉卜赛人的不死怨曲。

时而高亢激烈，时而软弱温顺，再拉起她的泡泡裙脚，白皙如玉的小腿拉紧肌肉。最后拉高她的裙脚到腰间，一瞬间让酒客窥看到哀鸣后

↓吉卜赛舞者的眼神，如泣如诉

拉起泡泡裙脚↓

的性感大腿。

站在女舞者后面的两个歌者都是男人，手打着拍子，和两个吉他手唱出悲壮沙哑的哀曲。时而高昂，时而低回，闭着眼睛，似乎可以看见他们泪流满面。舞者轻俏，轻到听不到脚步声，只听到她手指间的节拍声。忽地，大珠小珠落玉盘，准确密集到连成一片。

舞者有女性的妩媚，但力量的表现更胜男性。舞者的面容似愁眉深锁，不苟言笑。跳到高潮时，更咬牙切齿，狂打自己的身体，痛苦地尽情发泄，像一杯陈年的普洱，苦中有甘，甘中回苦。这是吉卜赛民族的历练。这个起源于印度北部、散居全世界的民族，名字叫“流浪”，血泪史是千年中在世界各地都遭受歧视和迫害。

压轴的一位舞者，裙脚特长，拉到头而小腿不露，一飞冲天的狂野，如浴火中的不死鸟，怎么灿烂，底调都是抹不去的幽怨。她腰肢飞转，用手指夹起裙脚如翼，脚踢到半空，如孔雀开屏，她跳得忘我，头发上的发夹一个又一个飞脱都不知道，跳得心肺都快抖出来了。最后飞出来的是水滴，一滴滴清晰地落到我的桌子上，是余热的汗珠。令人看得如痴如醉，浑然忘记了歌者和音乐。

再见，西班牙！

08

斯里兰卡

瞬间看历史：航海大发现 & 欧洲殖民时期

1497 年，达伽马航至斯里兰卡。

回看中原大地

郑和死后，明朝实施海禁，管制造船，闭关锁国。

斯里兰卡的最后一夜

忽然停电了

这晚入住整个行程最豪华的五星级酒店 Cinnamon Grand Hotel（科伦坡肉桂酒店），位于首都科伦坡海滨区，因为在政府总部附近，有很多军人巡逻，要进入该区更要检查车辆，感觉很安全。

酒店的晚餐更是五日行程中前所未见最像样的一餐。伊甸园般的花园中间，有光影流动的游泳池，有锦鲤游憩的鱼塘。轻歌魅影之间包围着的是一个偌大的木亭，浪漫蜡烛光中，红男绿女，纸醉金迷，身披彩色蜡染沙笼（Batik）的斯里兰卡女郎侧坐在贵妃椅上，自助餐的前菜和芝士就有十多种，令我以为身处天堂了。

用两个小时吃得饱饱的，便去酒店旁的商场散步。地牢是一间超级市场，也是了解民生的最佳地方。于是我搜罗了一大堆斯里兰卡最著名

↑袭击前，餐厅的小花园

遇袭停电时，超市用蜡烛照明↑

的锡兰红茶、咖喱粉等，都是几美元的价格。正兴高采烈地选茶叶时，忽地眼前一黑，停电了。

马上，收银员熟练地点起蜡烛，用手计算我的货品价格，再用手写单收银。多年不见这种停电时人手收银的做法了，我不禁莞尔。

超市出来，才发现整个商场都黑黢黢的，伸手不见五指。我用手机当电筒，才走出商场。

泰米尔猛虎来了

天空中忽然有亮光划过，伴随着一声巨响。我还以为是烟花汇演，还没有说出口，“滴滴滴滴”连续不断的机关枪声，已经令我下意识地趴到地上。

途中有人尖叫，有人吓得呆若木鸡，我则弯腰屈身匍匐着返回酒店。黑暗的大堂只有微弱的应急灯亮着，一分钟前还衣香鬓影，现在已成为人间地狱，找孩子的母亲，掉了高跟鞋的少女，职员们不停地叫人去地

↑当地人对游客很友善

库避难，说发现了“不明飞行物”。我才不信，明明是恐怖袭击！

来这里旅游之前，我上网查这个国家的数据，一输入“斯里兰卡”，弹出来的新闻全都是“泰米尔猛虎解放组织”（LTT）及其炸弹袭击，年年新鲜年年有。1976年开始，斯里兰卡北部的少数移民族裔“泰米尔人”就一直以暴力寻求分裂及独立，所以已被32个国家列为恐怖组织。

由于常看电视新闻和电影，我知道恐怖分子的目标都是挟持外国游客要挟政府军，地库的数百名游客肯定是最吸引恐怖分子的鱼饵。于是我决定回酒店，关门后拉上窗帘，在漆黑中开始念《心经》定惊。

恐怖分子来敲门

一阵密集的枪声后，周围安静下来，人声车声都没有了。全市都陷入一片黑暗，加上连冷气也停了，静寂得令人只听得见自己的“怦怦”心跳。

令人窒息的无边黑暗，令人发指的无尽死寂。

忽然，外面传来“砰砰”大力的敲门声，由远而近，一个房门接着一个房门地敲，还有一个男人声，我听了数次才听懂他在叫“整理房间”（House Keeping）。半夜 11 点会有人整理房间？还要逐间房门敲？不是恐怖分子来找人质，还能是什么？

遇袭后的街道空无一人↓

终于敲到我的房间，我的心跳得更快了，快要弹出心口了。我用手按住鼻孔，屏息，屏息，等他数秒后走到下一间房间才敢换气。

黑暗的隧道，没有一丝光和声音，没有尽头。我在床上，眼睁睁地仿佛看到我的过去、现在和生命的终结点。

第二天凌晨三点钟的叫早服务告诉我电源恢复了。我赶紧打开电视看 BBC，才知道昨晚发生的事情。有两架“泰米尔猛虎”组织的小型飞机，向政府总部发动自杀式袭击。军方启动应急方案，切断全市电力供应，发射防空炮火，但一架已经冲入税务大楼，发生了大爆炸。

我下楼时问职员，才知道昨晚的“午夜凶铃”是酒店职员叫住客去地库避难。这实在是令人难以理喻及十分恐怖的危机处理方式。

前两天参观斯里兰卡的景点、名胜，相比这次和恐怖袭击共眠一夜，实在是“小巫见大巫”，不值一提了。

后　记

这次我为了“销假”，没有做研究就随便选择了这个5天团，绝对是一个错误的决定。旅行社的豪华团素质尚且如此，下次也只好自己辛苦一些，多做些功课和准备，还是自游行罢了。

这个团的宣传口号是“人生必到”，想起来，可能是真的。彻夜不眠回港后，打通宵麻将的噪声，忽地变得悦耳了；上班途中遇到阻街的电讯公司“街霸推销员”，我居然对他笑了。因为经历了这场“人生必到”之旅，才领悟到活在当下已是幸福，安全的香港更近乎天堂了。

09

泰国

瞬间看历史：航海大发现 & 欧洲殖民时期

1522 年，麦哲伦舰队抵达东南亚。该舰队首次完成人类环航地球的壮举。

回看中原大地

明嘉靖（1521~1566 年）嘉靖皇帝闭关锁国、迷信方士、尊崇道教、好长生不老之术， 传说因服仙丹中毒而死。在位期间， 葡萄牙人在 1553 年入居澳门。

天堂之早餐 VS. 地狱之早餐

这家偌大度假村的餐厅只有一张桌子，但一盏灯也没有，因为不能拉电。甚至没有瓷砖或地毯，因为连基本的水泥地台也没有。天花板?当然更没有。

森林中的晨光透过竹梢，照得银餐具闪闪发光。空气中弥漫着负离子，我下意识地用手扶着竹子餐桌，害怕被淙淙溪水冲走。因为这名副其实的水上餐厅只有一张竹桌子和两把竹椅子，在水中央。

我的双脚就泡在缓缓的溪水中，接受免费足底按摩，清凉透心。我的侍应终于来了！它是一只洁白的孔雀，在水边的青青草地上散步。在我开始举杯喝橙汁时，它就开工作秀了！开的屏不是常见的七彩孔雀屏，而是阳光灿烂下的六月飞霜。巨大的白雪花屏下，孔雀的身体更显娇小。

主菜呢?同平时电视煮食节目《都市闲情》一样，由于时间关系，“李

↑ 酒店侍应是花园里尽责的白孔雀

瀑布下的早餐很清凉醒神 ↑

锦联”（无线厨神）一早就准备好了，随时在椅子后面准备出场。

竹椅后面是一条奔腾不息的瀑布，没错，虽然没有三千尺，餐厅中央有条数米落差的真正的天然瀑布。落差没有尼加拉瓜瀑布那么大，水量也没有黄果树瀑布那么气势磅礴，但是大珠小珠落玉盘，三眼一板，流水铿然，足够合奏出一首优雅的小交响乐曲了。

在哗啦哗啦的瀑布下，由白色的开屏孔雀侍候，和暖的阳光做面膜，清凉的溪水做足底按摩，整个餐厅一个人都没有，我宁愿这个早餐不要结束。秀色可餐的世外仙境，你问我到底吃什么下肚了？我会回答：“还有关系吗？”

也难怪，这间泰国北部清迈高地上占山为王的偌大度假村，只有一间带私家泳池的家庭式度假住宅（Villa）及六间豪华的小屋（Cottage）。就这么多，最便宜的房间也是一间间独立的泰北兰纳王朝式的柚木实木尖顶屋，绝对没有公寓似的酒店房间。我去的时候，是四月的淡季，只有两间小屋有住客。

换言之，度假村只有我和另外两位德国住客，一条万籁之声的瀑布百听不厌，三只忙于娱宾的孔雀，十多个微笑着但有些内向的员工，及一个漂亮安静的河边按摩。隔岸两三家，出墙红杏花。绿杨堤下路，早晚溪边去。

也难怪，连我的女神“劳拉”[安吉丽娜·朱莉在《古墓丽影》(*Tomb Raider*)中饰演的女主角]也看中了这个世外桃源，带着她的柬埔寨养子来这里小住。现在她已成了这家度假村的金字招牌，她的大相片显眼地放在大堂收款机上呢。躺在女神睡过的床上，刚好发一个《古墓丽影》似的春梦呢！

千辛万苦来到这个偏远的清迈市地图以外的深山度假村，缘起香港泰国旅游局的极力推介，告诉我说这间是“Top of Paradise Resorting Thailand”（泰国乐园之巅度假村）。而另一本在旅行社流传的《Unseen Paradise of Thailand》书中，这个不大的度假村也名列清迈数个著名度假村之前。

为何说千辛万苦？相比我们每个周末都可能会去的曼谷，清迈之旅

↓现在有部分长颈族人住在清迈的少数民族村

酒店按摩用的singing bowl↓

一点不方便。我选择坐唯一的直航机“香港快运”，星期四飞，星期日回港。其实没得选择，因为其他大公司，如国泰和泰航都没有直飞清迈的航班，一定要在曼谷转机。不只要转机，还要转机场。香港飞抵曼谷新机场，要坐一个小时的的士去曼谷旧机场换乘内陆机去清迈，任重而道远。“香港快运”每天只有一班早晨 7 点 50 分的直航机，只好硬着头皮订了。

本来一个完美的四日清迈假期，还是被这班从未试过的晨鸡叫早般的早机破坏了。因为我平时最早的飞机一定会安排在十点以后，特别是 1997 年香港机场搬到大屿山后。放假前的一晚照例开了夜车，要做完手上的大堆工作，安排我放假期间下属的工作，以及下周的活动准备等。到凌晨三点才离开公司，四点上床。我上了两个五点半的闹钟。

原来，刚入睡一个半小时的时候，是人体的深层睡眠。完全不可能被任何东西，包括闹钟叫醒。一觉醒来时，已七点了。该死，不是十多分钟可以飞车去的九龙城机场，要飞最少 45 分钟车去大屿山！脸没洗，牙没刷，披头散发的我冲到机场时，见到的不是 counter close check in（柜台停止登机），是 counter disappear（柜台完全消失了）！没错，整个香港机场，连半个“香港快运”标志的鬼影子都没有了！更何况去哪里找个它的员工来查询！

气急败坏的我，只好打给帮我订票的安运旅行社，怎知没人接听，原来还没上班！于是，我梦游一样地到楼下的中式快餐店准备吃早餐。人满为患，站在店外，不知为何七点刚过就有那么多游客大箱小包地等位子吃早餐！都是错过了早机的倒霉鬼吗？

等不到座位，只好打包了一份粥，准备带上机慢慢品尝。旅行社已第一时间安排了 11 点的泰航机给我。检票后，我提着鲍片粥，兴高采烈地到了海关。海关公务员二话不说，指着“机场限制旅客携液体上机”的通告，眼睁睁地就充公了我的名贵鲍片粥！

折腾了一天，早晨七点弹起床，但是晚上七点我只是刚刚到达清迈机场而已！司机来接，经过清迈市区时天快黑了。然后，在一片漆黑的曲折羊肠上山路开了半个小时，没有一辆对头车，更见不到人烟，风凄影摇，吓得我胆战心寒。终于，又饿又累的我，开始听到竹林后水声清音远扬，有如仙乐，交杂着怪鸟长鸣（后来才知道那是孔雀的叫声），灯火阑珊，恍如隔世，原来已到达 Sukanhara（瀑布）了。

↓酒店房外有另外的一只孔雀

屋主一家人住在大厅上一层↓

后　记

泰文 Sukanhara 的意思就是瀑布。这间度假村的来历很传奇。

话说 30 年前，泰农银行的董事长在清迈有间避暑小别墅，与很多有钱的曼谷人一样，周末来凉爽的清迈度假。

一天，他的木匠告诉他，一个农民要贱卖清迈北部山上的一大块地，风景一流，只索价四万铢（约一万港币），由于当时没有车路到，他看也没看那块地就买下来了。三年后政府修了泥路，他开着吉普车，第一次去看他买的地，赫然见到这条瀑布，心想，坏啦！因为泰国法律禁止私人拥有瀑布！他马上去找旧业主要退货，但农民早已赌光了钱。塞翁失马，只有硬着头皮去找清迈省政府申请产权证，结果由于瀑布很小，他给了些钱，当地政府就批给他产权证了。于是银行家每个周五的晚上就坐内陆机来清迈，建筑他的梦想大屋。一直用了 20 多年才建成他的家族度假屋。

五年前银行家退休了，做珠宝的儿子劝他做度假村生意，消磨时间，娱人更娱己。于是，他将自家的大屋楼下做了门厅，陆续修了家庭式度假村和小屋，直到现在还在扩建中。退休银行家每天一罐啤酒，在山对面开发了两座新的豪华帐篷。儿子就做大堂经理。一家三代都由曼谷移民来了这里，都住在大堂楼上，其乐融融。每天工作也是娱乐，家人朝夕相对，幸福满屋。

10

秘鲁

瞬间看历史：航海大发现 & 欧洲殖民时期

1532 年，西班牙航海家皮萨罗（Pizarro）发现秘鲁的印加王国。

回看中原大地

明嘉靖（1521~1566 年）嘉靖皇帝沉迷道教，1534 年（嘉靖十三年）后即不理朝政。

印加迷城云上行

站在初秋的尖沙咀海边，下午腥臊的海风，打在脸上，令人昏昏沉沉。俯视脚尖，有如于十万里之远。头颅，还是擅自停留于云里雾中。因为前几天，我才由3000米的高空，一个奇妙迷人的古城，重回喧闹的人间。

要转三次机的南美古城

海拔3400米的迷人古城，叫库斯科（Cusco）[①]，位于西半球的最高峰安第斯山脉群山的怀抱之中。800年前，蒙古大汗忽必烈定都北京的同时，这里就成为了神秘的新世界——印加王国的首都。

① 库斯科是南美大陆的明珠，两三星级的小旅馆到五星级的大酒店一应俱全。建议入住一些由殖民地豪宅改建的酒店，这些传统建筑都是两层木屋结构，有一个很大的中庭花园，供住客免费上网及喝古柯叶茶。

巨大的粉红“美洲豹”↑

前往马丘比丘（Machu Picchu）之前，先要费很多周章。我是由香港飞洛杉矶，到洛杉矶住一晚，第二天换当地秘鲁国家航空公司的飞机。坐八个小时飞机到利马。等候了五个小时，再搭一个小时内陆机，才到库斯科。

前往库斯科的途中，从机上俯瞰，世上最长的安第斯山脉有如跟你玩捉迷藏一样，一时从云海中探头而出，一时又潜伏于白云之间。一个小时的机程，看到的除了白云，就只有红褐色荒芜的土地，了无人烟。偶尔出现的人影，也只是来自于一小块一小块的方正农耕地。在红色和白色交织过后，出现的就是一只巨大的粉红色美洲豹形状的城市，躺卧在海拔 3400 米的高山之中。而它身上的粉红色，其实是来自于城市的屋顶——粉红色的瓦片。

粉红色的美洲豹

位于海拔 3400 米的高原上，空气稀薄而洁净，天空更有如蓝宝石般晶莹剔透。经过了两天的飞行旅程，深呼吸一大口天堂清晨的空气，让人精神一振。可能是接近天堂的关系吧，这里让人心灵和谐，感觉圣洁。

粉红色美洲豹的腹部，就是市中心阿马斯广场（Plaza de Armas），这里是昔日印加王被西班牙人问绞的地方。1532 年，第一次进入印加首都的西班牙人，已经对这个“金光闪闪，光彩四射”的城市惊叹不已。安静的街道两旁，夹杂着泉水淙淙的净水沟和跟它完全相反的污水沟。唯一的声音，就是来自穿着拖鞋，拖着矮小的美洲驼（llama）散步的印加人民。号称南美洲最大动物的美洲驼，其实个子很小，说像骆驼，其实更像绵羊，但不能套上拉马车。所以，当印加王带了数千徒步随从，见到百多人的西班牙军队，骑着从来没见过的高头大马，以为是天降神兵，于是不战而降。但贪婪的西班牙人得到堆满一个房间的救赎黄金后，还是在广场中心问绞了印加王，然后

↓市中心的阿马斯广场

神秘忧伤的印加少女和她的羊驼↓

大肆抢劫，将神庙和皇宫里的黄金搜刮一空，最后一把大火烧掉了整个库斯科。

印加巨石上的教堂

在大火中幸存的，只有一些印加巨石建筑的根基。西班牙人在这些巨石根基上筑起天主教堂，像建在印加太阳庙上的圣多明各教堂和建在印加皇宫上的耶诞教堂。洛可可式的华丽教堂，更让当地的西班牙后裔引以为荣。

不过对于游客来说，今天库斯科最主要的景点，不是向上望有 400 多年历史的教堂的豪华天花板，而是向下看每一块残存的印加巨石。每一块数十吨重的巨石，由人手打磨得平滑而完美。比埃及金字塔更不可思议的是，从来没有两块印加巨石是一样的，每一块都特意设计成三尖八角，和另一块石头相接得更是天衣无缝，不需计算机设计，也不用水泥，连一片刀片都塞不进去，还可以抵抗八级地震呢！

这里最出名的印加巨石叫“十二角石”，在一所教堂的墙角，一个一米高的巨石，有 12 个角和 12 个大小不一的石头，仿如天生一样，紧密地一个扣一个。没有机器的印加人，要下多少功夫才能将石块磨成这样的艺术品呢？

除了石头，更吸引游客的应该是金器吧！因为印加是传说中的“黄金国”，他们不会冶铁，什么器皿都是纯金或是纯银的。但是没有投资眼光的西班牙人，却将供奉在神龛上的各式金像、太阳庙外巨大的黄金太阳神

↑黑色巨石的基础是印加太阳庙

↑暗藏神蛇的印加巨石墙

像，以及印加皇宫花园实物大小的黄金花树、黄金蝴蝶、黄金驼马等各式各样的瑰宝都熔化成金砖，运回了马德里。这一举动就像将明清的瓷器打碎用来做原料一样，或将一件百达翡丽 5002P 饰品拿去熔金差不多。

不过库斯科以及整个秘鲁对外来的天主教的宗教狂热，却令人诧异。每个贫穷的秘鲁城市，最豪华的建筑物一定不是政府总部或法院，而是教堂。漫步在太阳大道，满街的西班牙式建筑，在广场青铜喷泉上飞翔的白鸽，在长椅上懒散地晒太阳的人们，如果不看这些带有印加人特征的深棕色肤色，我还以为自己置身南欧呢！

不过说到底，这里还是印加的迷人古城，是被誉为跟天堂接轨的地方。你可以不上天堂，却要小心高山综合征。这里的海拔和拉萨差不多，还好第一天置身这里的我，没有感到异样，只是到晚上感到有些疲倦和头痛。嚼一些饭店提供的古柯叶，感觉会好点。

库斯科是一个八成印加血统再加两成西班牙血统、略带忧愁的混血少女。她身上辉煌的印加历史，被烙上了西班牙父亲的暴力印记。在这些令人惊叹的印加巨石上，修建了华丽的洛可可教堂，它是举世无双的两个大陆、两国文明的结晶，不免带有一丝淡淡的忧愁！

如果这位混血儿已令你意乱情迷，请小心另一位美若天仙的纯种印加少女。她是永远的太阳神的选女，500 年来完全没有被西班牙人发现，如世外高人一样独居深山，不食人间烟火，像吃了防腐剂，保存了印加王朝巅峰时倾国倾城的模样。

她，就是马丘比丘。

沉睡四百年的太阳神选女

南美大陆上的明珠——安第斯山脉上的古城库斯科，是 800 年前的神秘印加帝国的首都。“印加”，意为“太阳之子”，是 15 世纪欧洲殖民者以为的“原始人”，他们拥有完善的印加大道，长达两万公里。发达的农业全靠复杂的灌溉系统，最长的水渠长达 113 公里。他们用神乎其技的手工，打造巨大的印加巨石，平滑而完美，天衣无缝，经过 800 年的地震及人为破坏依然矗立不倒。他们的天文历法十分先进，一年 12 个月，每个月 30 天。夏至是新年的开始，很多建筑物都是以这一天照射到南美大地上的太阳光而巧妙设计的。

印加小道↑

历史总是故意给我们留下一些遗憾和失落。横跨今天的秘鲁①、玻利维亚、智利等广阔土地的印加王国，碰上了不怀好意的入侵者。1532年是印加倒霉的一年，发着黄金梦的西班牙探险家弗朗西斯科·皮泽洛（Francisco Pizarro）带着包括传教士在内的150人，初次和带着数千手无寸铁的随从的印加王见面。传教士向印加王施以《圣经》，

① 秘鲁没有四季，只有两季。雨季是12月～次年3月，旱季是4月～11月。马丘比丘的旅游旺季是干季。雨季时不方便登山。高原气候变幻无常，一天四季。最好多带一些薄外套，一天之中随气温变化，不停加减。山上长年云雾迷蒙。另外，秘鲁是全世界海拔最高的国家之一，紫外线很强，如果不做防晒，一天下来就会出现脱皮现象。所以最好带SPF 45以上的防晒用品。马丘比丘有很多类似小蚊子的飞虫，要喷防蚊水，否则皮肤会长出很多蚊呐。

要他信天主教，但被他丢到地上。于是，西班牙骑兵袭击、生擒了印加王，在收到可以装满一个房间的黄金赎金后，在库斯科市中心广场问绞了印加王，戏剧性地结束了这一辉煌的古文明。然后大肆抢劫，放火烧了库斯科。于是，这个和北京一样年纪的古都，什么印加神庙、皇宫、广场都只好靠想象了。

但在 80 公里外的崇山峻岭之上，依然闪烁着印加人献给太阳神的礼物——马丘比丘。这里有完整无缺的神庙、堡垒、祭坛、贵族庭院、平民住屋、市场、广场等 200 座建筑物，却在殖民以后的 400 年里完全被人们遗忘了，西班牙人完全不知道这个圣地的存在，幸好！

由库斯科前往马丘比丘，欧美游客一般选择较辛苦的一条路，就是步行登上群山之中的印加古道（Inca Trial），这条古道也是在 1940 年左右才被考古探险家发现的。由于秘鲁政府每天只限 500 人登山（包括 200 个游客，300 个挑夫及导游），而且二月份封山做清洁，所以一定要几个月前预定，行程从四日到七日都有。在海拔 3600 米的高山上每天步行数公里，我们这些城市人如非登山高手，还是不要试。我在马丘比丘山下的小镇奥扬泰坦博（Ollantaytambo）遇到一对年轻的加拿大夫妇，他们行程第一日已出现高山反应，要入医院治疗，只好放弃整个登山行程。

比较容易的一条路是坐火车去，库斯科有很多旅行社，提供两日一夜的旅行团，约 200 美元。第一天一早先去圣谷（Sacred Valley），这里是印加人的粮仓，山谷中有蜿蜒的维坎纳塔（Vilcanota）河，两岸是

圣谷最大的市集皮萨卡↑

肥沃整齐的田野，山上更有鬼斧神工的印加梯田。对岸偶尔会有印加遗址，而印加古道也在河对岸。

这里出产秘鲁最好的水果、各式各样的土豆（我第一次见到像黑色石头的土豆），这里更是世界闻名的玉米原产地，其中一种是白色的大粒玉米，每一粒比大拇指还大，圣谷很多小贩叫卖开水煮的大粒白玉米，多汁又饱肚。

中途停在皮萨卡（Pisac）市集，这是圣谷最大的市集，一半是街市，一半是旅游商铺。穿五颜六色民族服饰的村姑，叫卖一些从未见过的蔬果，光是玉米就有红色、黄色、白色、彩色等好几种颜色，还有如调色盘般五颜六色的调味料。

小贩都很斯文，从不对游客死缠，你要买就买，不买也没有人追着你。

那些头戴毡帽，扎着长辫子，皮肤棕红色，身穿鲜艳传统印加服饰的当地村妇，是绝佳的摄影模特儿。她们最多怕羞地遮住脸，但不会恶言相向。

我走上皮萨卡的印加梯田，因为是旱季，一层一层如湖水的涟漪。近看，每一层地基都是印加巨石砌出来的，当然没有神庙的巨石打磨得那么完美。皮萨卡最高的山顶，也是一个遗址。我以为这个居高临下、俯瞰整个圣谷的要点是一个军事堡垒，后来才知是太阳神庙，难怪当年150人的西班牙侵入者可以一年之间亡了印加帝国。

离开皮萨卡，到了另一个印加古城奥扬泰坦博。这个圣谷的重要城市，号称是“印加活生生的城市”，因为500年以来一直有人居住并保留了印加年代的市容，例如不到一米宽的小巷，两边还保留着净水沟和污水沟。

↓有人样侧面的山崖

小城右边是农地，左边山上是“太阳之家”——一个依山而建的神庙。沿印加人的石梯，是一层一层巨石铺的平台，当年用作宗教表演。最高的太阳庙有块巨石高达八米，宽六米，是我这次见到的最大的印加巨石。由对面高山采下后，用石柱滚动多个月（或经年）才能到这里。打磨时估计用了很多河沙和水，才会这么平滑如镜。但用沙子打磨几十吨的巨石，并用无数磨好的巨石建成一个城市，和把千万个铁杵磨成绣花针有什么分别？

咦——慢着，对面山上，怎么好像有个侧面人像？原来，这也是印加人的秘密。每年夏至 6 月 24 日（印加历法的新年），太阳刚好由山后射到这个印加人的侧面，完全看不见人像，代表太阳神和印加人每年一次的“天人合一”。

我问导游怎么发现这个秘密的？印加没有文字，当然就没有记录。因为人像在山上很隐蔽，不说是看不出来的。他说是因为在对面山上发现了一条人工的路，还有绳索和石斧等工具，估计山石上先被钻个洞，用游绳挂着工匠，去进行印加的“愚公移山”。

↓圣母像出巡

我成了今晚的大明星↓

在奥扬泰坦博火车站，坐上开往马丘比丘山下小城阿瓜斯卡连特斯（Aguascalientes）的观光火车。一等位车票收 38 美元，包在团费里。车厢十分豪华，头顶有偌大的透明观景窗。火车在圣谷的河流旁逆流而上，举头尽是高山，以及云雾之中的雪山，不时能见到河对岸的印加古道。穿着整齐制服的服务生，端上来三明治和饮料，感觉像坐飞机！

一小时后到达阿瓜斯卡连特斯，住在这个小镇上的人，都是为了天未亮就上马丘比丘的。我住在车站对面的旅店，旁边有个很大的市场，吃完饭可以逛逛，但东西颇贵。倒是三分钟步程外的市中心广场，有一间很宏伟的天主教堂。我刚好遇到圣母像出巡，数名印加妇女，抬着一米高的圣母像，一边走一边唱圣诗，走进一个街市。菜贩们放鞭炮迎接，然后将圣母像放在菜市场后面的空地上，菜贩们很虔诚地每人手持一束百合花来供奉，准备开始仪式。

忽然，有人抬出一条木板凳，令我意想不到的是，这是为我这个不速之客而设的！受宠若惊的我，刚坐下，就有数名印加妇女拿出手机来，示意想和我合照！哇，我今晚成了亚洲来的大明星！虽然大家鸡同鸭讲，但她们的热情好客令我着实睡了一个好觉！

第二天五点钟出发。为什么那么早？因为到了中午，大量当天游的旅游团杀到，马丘比丘就会人声鼎沸，人满为患。为享受这个圣地清晨宁静的日出，我决定四点就起床。五点钟飞奔到了楼下的巴士站，想不到黑压压的已排了过百人！原来很多自由行的游客都是像我一样想早些去朝圣。五点三十分上山的巴士开动了，向山上出发。

晨曦中的迷城↑

天慢慢亮了，才发现上山公路的一旁是青山绿水，白云缭绕，好一派神仙居停的景象！努力压抑住兴奋的心情，但马上就亲眼见到梦魂牵绕了30年的情人，我的心跳越来越快。

“她的美艳，令我呼吸困难。”感觉和陶渊明发现世外桃源一样，这是1911年，偶尔发现这个被人遗忘了四个世纪的圣城，美国历史学者海勒姆·宾厄姆说的第一句话。他一口气拍摄了数百张相片。而1913年，《国家地理杂志》用了整个四月刊来介绍马丘比丘，迷城从此扬名国际。

晨雾之中的马丘比丘，尚没有一个游客，像几百年前那样沉睡着。看着床上的熟睡公主，总觉分外妩媚动人。我们这些早到的百多位游客，

↑清晨的马丘比丘

好像有共识一样，都站在对面的梯田和看守塔处，宁静地远眺这位太阳神的处女，连山间白雾也温柔地为她盖上了一层软被，不忍唤醒她。

白雾散去，马丘比丘后面的新山轮廓现出了，是一个硕大无比的印加人仰望天空的侧面，而他的鼻子正是山的最高峰“瓦讷比丘”。额头向右，下巴向左，嘴唇也清晰可见，鼻子正前方就是马丘比丘。天成乎？人造乎？似乎都不重要了。但它几个世纪以来守护这位睡公主，却是十分称职的。

走过太阳门，就正式进入了马丘比丘。主神庙、三窗庙、拴日石都是最主要的神庙。主神庙是一座三面围墙一面开放的建筑，巨石为底，中央是一座巨石祭坛。三窗庙因为三个巨石叠成的大窗而闻名，阳光每天准时从窗中穿过，射到神圣广场上。

马丘比丘分为三部分，以神庙、王宫等为主的上城区，及民居、商店、仓库等组成的下城区，中间是绿草如茵的神圣广场。200 多座建筑，俱为巨型花岗石砌成，石块之间结合紧密，不用任何黏合材料，天衣无缝，经过几百年的地震、山洪，丝毫无损。至今还没有人明白印加人是如何将重达 20 吨的巨石搬上马丘比丘山顶的。因为印加人认为自然界和石头是神圣的，所以他们并不开山劈石，而是在地上找零散的大石进行加工。

太阳崇拜是印加文化的中心。马丘比丘最高处是“拴日石”（Intihuatana），或称“日晷仪”，用来标明太阳的运行，计算一天的时间和季节，进而决定宗教活动，并象征捆住太阳。这是用山顶的岩石刻成的一个高两米的平台，中央是突出的石柱。每年秋分和春分的中午，太阳光会垂直照在石柱上，不留下任何影子。

唯一属于平民的是下城区的神鹰庙（Condor），如果不是导游介绍，我还以为这两片向天伸展、没有支撑点的巨石是天之神笔，没想到是人刻的神鹰双翼。在神鹰庙的背后，有木乃伊的石龛。这里发掘的 173 具尸骨，150 具都是年轻女性的。因为，马丘比丘并不是一座普通的城市，而是“太阳神祭典之城”，宗教、天文、祭祀是这种圣城的主要活动，全国各地选出的年轻美女，被称为“太阳神的选女”（Mamacunas）——类似今天的修女。一般 13 岁选中后，在首都库斯科学习天文地理，所以这些选女都知识丰富，修养极高，终生不嫁，把自己奉献给了太阳神，她们在这里沉睡终老。其他的男尸是祭司。能够埋葬在这个接近太阳神的圣地的，皆不是平民百姓。

这里不同于其他旅游胜地，不但没有任何游客设施，如洗手间、餐厅、商店等，晚上更没有热闹的激光秀、民族舞蹈表演、烧烤晚餐等。

每天日落后，全部游客都必须离开马丘比丘。整个景点连一盏街灯也没有，漆黑之后就是死寂一片。人走后，这里就还给了神灵，恢复成为几个世纪以来都属于太阳神处女和祭司们的神圣的马丘比丘。

当我离开黄昏的马丘比丘时，恍见一个女孩子在“拴日石”后面的悬崖绝壁上如世外高人一样打坐，夕阳将她的身影拉到后山。我拿出相机，拍下她的背影。但回去看相片时，却只见空谷和一束凌空怒放的紫色野生兰花了。

山中方一日，世上已千年。

她是五个世纪前“太阳神的选女”，现在仍然花样年华，不倦地侍奉着“拴日石”上方的太阳神。

踏足小王子的星球

依依不舍地离开蓝天下温暖的印加古都库斯科，去南部海岸附近的荒野地方——纳斯卡（Nazca）。

由于这地方很荒凉，没有机场，也没有火车，游客要从库斯科坐 12 个小时的通宵巴士，或由利马坐七个小时的巴士，经过世界上最干旱的沙漠。但是，那么辛苦地来到这片方圆数百公里都荒芜无物的鬼地方做什么呢？

如同月球表面寸草不生的荒野上，有很多方圆几百米到几公里的巨画，例如蜂鸟、蜘蛛等。2000 多年以来，一直没有人知道这些画的存在，因为太巨大，在地上是无法看见的，50 年前才被恰巧飞过此地的飞行员偶尔发现这些“画给天神降落时看的巨画”。生活在 2000 多年前的古人，怎么可能在茹毛饮血时，创造这些在现代飞机上才能看见的艺术品？

这就是著名的纳斯卡地画（Nazca Line）。

话说回来，这还是童年时的情结。在我上小学时，妈妈给了我一本

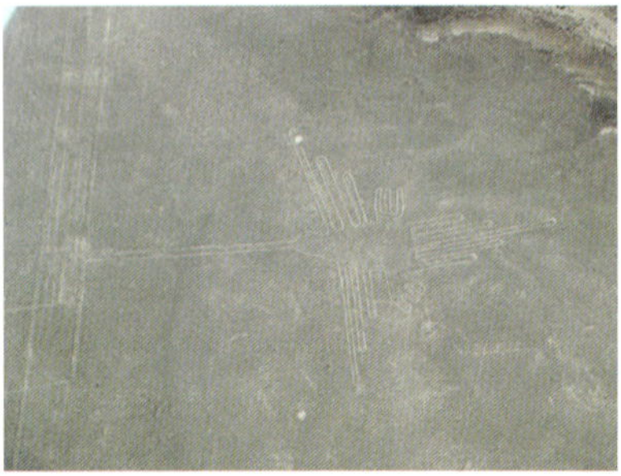

↑飞翔中的蜂鸟

张口唱歌的海豚↑

《读者文摘》的画册，讲述全世界的未解之谜。当然，这个纳斯卡地画，已经引起了童年深信外星人会来地球的我的强烈兴趣，所以再辛苦也要去看看这个地球对面的奇迹。

库斯科的长途巴士站也是观察当地民生百态的最佳地方，因为即使去秘鲁的外国游客也甚少选择去纳斯卡，可能因为路途太辛苦吧！所以巴士站全是本地人，甚少我这种外国游客。印加姑娘在大声叫卖洗面盆大小的巨型面包。我拍照时，姑娘羞涩地暗示可以同我合照，样子十分可爱。可能巴士要搭很久，什么食品都超大份。一个芝士饼大到好像两磅生日蛋糕一样，而且不能散切。就这么用口咬吗？那得有河马的血盆大口才可以享用了。

巴士站有十多家长途巴士公司，由于言语不通，我通过库斯科的旅行社订了纳斯卡两日团。坐这家叫“Cial”的豪华双层巴士，有厕所、电视、晚餐、饮料等，年轻漂亮的服务员有空姐一样的制服。

才开心了一会儿，开车十分钟就大塞车。原来，库斯科有天主教花车游行，保安又不准我们下车。因为上车时，有工作人员用 DV 先拍下了每个乘客的样子（和广东省的长途车同样，防止路霸打劫的方法）。幸好可以看电影，电影看完了，终于开车了。椅子可以拉到 180 度平躺，但半夜冷醒了，在黑暗之中我居然找到小姐放在车后座的毛毯。

迷迷糊糊中天亮了，周围是寸草不生的黄土高原、崇山峻岭之间蜿蜒的下山路，路边都是悬崖。早晨八点到了沙尘滚滚的沙漠小城纳斯卡，因为这里一年才下两次雨。

有旅行社的人来接我去一间酒店休息及洗澡洗脸。这个安排，令搭了长途巴士的我精神一振。但聪明的我并没有在酒店吃早餐，而是空肚就上了直升机。因为听说抖得很厉害，会令人呕吐，所以最好空肚子。

来纳斯卡的游客只有一个目的,就是坐小型五人飞机看地画。一升空，就看到地下的一只海豚，几十米长，张开口在唱歌呢。然后有完美比例的等边三角形。最复杂的图案是一只飞扬的兀鹰，及一只采蜜的蜂鸟，完全对称，姿态优美。

70 年前，考古学家发现在纳斯卡的荒野有很多很有规则的沟渠，开始以为是古人的水利工程。这些沟渠深约一米，宽约 15~20 米，但无法解释的是这里没有田野需要灌溉。

1939 年来自美国的科学家保罗乘坐小型飞机经过纳斯卡上空时，他恍然大悟。因为这些所谓的“水利工程”，在空中望下去，组成的都是别具意义的几何图案和动物图案。1939 年夏至那天，他再次飞过纳斯卡，发现日落时，太阳的光线和蜂鸟嘴巴所面向的方向完全一致。

↑你好，太空人

保罗发现了这个隐藏了2000年的秘密后，引起了德国数学家玛利亚的兴趣。她穷其以后60年的时间，想来破解纳斯卡密码。直到1998年去世，她每天都在测量、计算、分析、绘图。她最后提出的理论是：这个“世界上最大的天文日历”，是给上天诸神看的日历，但是她用了60年也无法解释为什么古代人会画和怎样画一些他们在地上永远也看不见的东西。

这里有一个比我们的赤鱲角国际机场大50倍的平整停机坪，有各种线条、图案、指示、坐标，供飞行员降落。多大的UFO、多少舰队，都可以从容应付。“火星一号，请停在猴子的头部。”“全部水星飞船，请停在海洋区（海豚等）。”“中间的直线是大型UFO起飞的专用跑道。”放眼一望无际的纳斯卡平原，我突发奇想，这个空旷到大过九龙半岛的大平原，平坦无一物，如同月球表面，寸草不生，连一棵树都没有。不正是一个天然的巨大停机坪，给外星人降落用的吗？

为什么是外星人？

因为地上的12个图案都是几何图案（如三角形、直线、圆圈等），以及海陆空动物（如陆地的猴子、蜘蛛，海中的海豚，空中的兀鹰及蜂鸟）。

唯一一个刻在小山坡上的，是一个叫Spaceman（航天员）的人形。头和身体的比例不是人类，而是罗斯威尔外星人的造型，而且他戴着一个巨型眼罩，穿着和“神七”一样臃肿的太空服。

最搞鬼的是他的动作，他向我友好地举起左手打招呼，似乎在说“你好！地球人”，又可爱又亲切。

为什么只有这个航天员有特权被刻在小山坡上，而不是像所有的动物一样被刻在地上？这只会令我深信不疑，他是外层空间来的。

“你好，航天员！让你等了我2000年！我也等了30年才由中国来到这里和你打招呼呢！你们的舰队什么时候来地球？”我同他说。

和外星人打招呼的代价可不轻呢。由于我不是唯一的乘客，机师将

↓这就是巨画在地上的近观

原始简单的古墓里白骨散落↓

直升机倾斜 45 度，让我可以从小小的机舱尽情拍照、欣赏地画后，又要倾斜去左边，让同机的其他乘客看个饱。就这样不停地倒来倒去，15 分钟后我已想呕吐，机师马上熟练地拿出湿纸巾及呕吐袋给我。一会儿，其他游客也纷纷中招，好在整个飞行只有 30 分钟。

下了飞机，回望这片画满巨画的荒野，果然，图案全部消失了。由于地势有起伏，只能看见几十米的视线，这些方圆数公里的巨画，在地面上就完全隐形了，还是留给天空欣赏吧！

之后的附送行程其实是多余和令人喷饭的——参观纳斯卡原始简单的古墓。一堆白骨散落在地上挖的一个洞里，空荡荡的，大约和北京周口店的猿人同等文化落后。我根本无法想象，这些超越现实的伟大停机坪坐标会是这些茹毛饮血、三餐不继的原始部落的作品。

坐上七个小时的长途巴士，经过十多个沿海城市，天黑了，才到了首都利马。这是个不在我旅游计划中的城市，因为我在 Priceline（一家美国旅游服务网站）买的机票不能由库斯科进入，从利马离开，所以我本来打算从纳斯卡回来后坐 12 小时长途巴士回库斯科，但坐了一通宵巴士已筋疲力尽的我，又要连续第二晚坐 12 个小时巴士，未免太残酷了。阴错阳差，我前两天在库斯科的秘鲁航空公司办公室，已成功地改了回程上机地点为利马。于是，我终于来到这个首都城市。我的美国朋友告诉我，这个西班牙人建在海边的首都，是为了怕印加人造反，方便随时起航逃回欧洲用的，毫无本土文化特色，又脏又乱，治安很差。

利马的会心微笑

但利马送给我的，是意外的惊喜及会心的微笑。

其实，每一个地方，当地人对陌生外国游客的态度，会是决定游客爱与恨的最大因子。我在利马幸运地遇上了一群可爱漂亮的利马朋友，令我对这个“臭名昭著”的城市，居然一见钟情。

利马的旧城区中心广场也叫 Plaza de Armas（和库斯科一样）。四周有政府大楼、法院、天主总堂、总统府等欧洲风格的宏伟建筑。

我从天主总堂参观完出来，外面多了一队穿着帅气整齐的银乐队制服的中学生，他们在排队照相。见我拿出相机拍他们，个个都望向我，

宏伟的天主总堂↓

↑少年齐刷刷望着我的相机

少年教我摆酷爆的手势↑

露出洁白的牙齿，有些还淘气地伸出舌头，笔挺的制服，油亮的皮鞋，这群朝气活泼、青春少艾的混血美少年，每一位都如同天桥上的模特儿。晶莹的蓝眼睛，散放着秘鲁少年的自信和傲气。

十一点半，总统府开始换班仪式，学生趁机拥过去看热闹。他们个个都好奇地盯着我这个唯一的亚洲人的面孔，搞得我都有些脸红。会讲英语的老师告诉我，他们刚刚赢得了全国银乐队比赛的冠军，今天特地来广场拍摄相片及录像。见老师同我说话了，这些中学生也走过来同我搭讪。他们叽里咕噜，很兴奋地和我讲西班牙语，然后指手画脚。于是，我们开始照相，一起拍一些搞鬼的合照，他们还借了领队的佩剑给我拿着，又将自己的帽子戴在我头上，教我摆出一些很“酷”的手势拍照。最后又围过来仔细研究我背包上的军曹公仔，但老实的学生们没有向我索取什么东西。才不到十分钟，他们已当我是自己人，玩成一团了。

然后，他们叫我和他们一起走去另一个广场，看他们现场表演得奖的银乐。由于拿大鼓的小个子中学生太矮，我于是帮他拿鼓走了三个街口。果然到了另一个小广场，开始表演了。不愧是冠军人马，不是坐着演奏或站着不动吹奏，而是整齐地步操演奏。互相穿花，花式复杂，令人眼花缭乱。他们的制服袖子原来可以一齐打开，变成双臂的一对翼，展翅齐飞。最后，中间的小号手更利落地一下子躺睡在其后的人的小腿上，一个接一个，一条直线般地躺下，继续吹出动人的乐章。两旁的中号手随即下跪，现出后排整齐站立的一排大号手及鼓手。正叹为观止的时候，忽变队形，左右两边的队友横跨过中间躺下的乐手，又向前迈步，排出另一个对称斜角的阵式，十分神气地向我吹打过来。

我当然享有很多“朋友”的特权，我的朋友们都望着我吹奏，或向我挤眼，反而对老师的摄影机没有反应。

这一群利马的友好大使，表演完了，又拥过来，和我交换电邮地址。虽然，要我去学西班牙文，还有一些遥远呢！

混合了南美的淳朴和西班牙的热情血统，友善真挚、青春可爱、多才多艺的利马少年，和我这个陌生的游客玩了两个多小时，成了我在利马最难忘的节目。

和少年们道别后，我开始了利马的血拼之旅。由于利马游客不多，纪念品的价格远远低于库斯科或马丘比丘这些被日本游客纵坏了的旅游城市。例如，羊驼毛的毛巾/毛衣/毛毯（有关美洲驼及其纺织品的知识，请参阅后记），以及纤维特长，柔软如丝的秘鲁棉（Pima Cotton）棉制内衣（名牌 Calvin Klein 教会我，最昂贵的内衣系列用秘鲁特产的秘鲁棉制，甚至比举世闻名的埃及棉及印度棉更薄更光滑，并指定在秘鲁生产）、纯银饰物等，都是旅游城市的一半价格左右。例如一张马丘比丘图案的羊驼小地毯，在马丘比丘要价 50 美元，这里才八美元。很多民族手工艺品更是一美元以下，简直是南美洲的购物天堂，令我荷包大出血。

回望这次十天的秘鲁之旅，代表印加王朝辉煌历史的库斯科、马丘比丘及西班牙人在 500 年前兴建的利马，是两个截然不同的世界，南半球的土著文化和北半球的欧洲文明，共存在这片神奇的土地上，今天已完全没有民族仇恨，没有一丝种族血泪的痕迹。库斯科的印加王在广场被问绞后，后裔反而成为虔诚的天主教徒，更和西班牙人大量通婚。善良宽容，接纳拥抱，这些自称“安第斯人”的混血儿，令这片神秘的大陆增加了无尽的旅游乐趣。因为，到底人还是一个地方最重要的资产。何况，还有一位特别嘉宾——来自外层空间的小王子，令我怎么能忘怀？

心满意足，依依不舍地再三回望这位美丽神秘、热情可人、历史遗产丰厚、气质独一无二的拉丁美洲混血大美人！

初次和我梦魂牵挂 30 年的爱人约会了，我一定会再回来看你！

后　记

购物第一目标：美洲驼及其纺织品

最值得购买的一定是“安第斯的黄金”——四种南美原生的美洲驼及其纺织品。由于它们之间大多可以杂交，样子又长得差不多，中文译名更十分混乱。我在秘鲁请教了专家，回来又翻了很多资料，才整理出了一点头绪。

Vicuna：小羊驼 / 驼马，野生的 Guanaco 和小羊驼的杂交，外形有点像绵羊，被人工驯养超过 6000 年，个子最小，不到一米高。Vicuna 的纺织品是世界上最贵的毛料，其光泽有如阳光，温暖柔软，所以古代一向是印加王专用的。野生 Vicuna 到 19 世纪几乎绝种。其围巾超级柔软，折起来可以穿过小小的指环，一条最小的围巾也要 1500 美元以上。

Guanaco：原驼 / 南美野生羊驼 / 栗色羊驼。个头比较高大，约一米高，肉桂色，也是受保护的动物，可供食用及纺织。

Llama：大羊驼 / 拉马 / 美洲驼 / 无峰驼，样子有点像马和骆驼的混种，约 1.8 米高。具有宗教的意义，除了秘鲁，玻利维亚也大量养殖。主要供食用及运输。

Alpaca：羊驼 / 驼羊 / 阿尔巴卡，约 1.4 米高，提供最主要的纺织用材料。它的纤维很长，天然颜色很丰富，由黑色到白色都有。Alpaca 纺织品也分很多等级，最长纤维的品种叫 Suri Alpaca，织物光滑如丝，围巾价格约 500 美元。次一级的叫 Royal Alpaca、Baby Alpaca，以及最普通的 Alpaca，100 美元也能交易成功。

秘鲁到处都有 Alpaca 纺织品售卖，由街边小贩到高级名牌店，毛衣、毛巾、毛毯等等都有。价格几美元到过千美元都有，有真有假，其实，作为游客也很难分辨，因为手感很类似。其中一个简单的方法是拉一条毛出来，用打火机烧，如果是人造纤维会有焦味，而且结的焦不能搓散。反之，你买的就是天然的 Alpaca 纺织品。

秘鲁的 Alpaca 纺织品名牌叫 Kuna，利马机场有三家分店，可供最后冲刺。由最贵的数百美元的 Suri Alpaca 到最低的 150 美元的 Alpaca 围巾都有。店员都会对你讲日语，因为日本游客最疯狂，一打一打地买。即使 Kuna 是秘鲁最贵的名牌店，价格也是欧日名牌制品的一半价格。

购物第二目标：Pima Cotton（秘鲁棉）

除了 Alpaca，另外一种秘鲁的特产，是内衣名牌 Calvin Klein 经年教育我的。如果你对“100% 纯棉”已十分满足的话，就不必看下去了。

大约在五年前吧，我就发现 Calvin Klein 有一种内衣比一般纯棉的贵一倍以上，称为 Pima Cotton（秘鲁棉），制造地一定是秘鲁。我每年都会买一两件给自己，最简单的款式也要四五百港币，但又薄又轻，光泽如丝，手感光滑如缎。

因为全世界的棉花种类过千，但只有 3% 可以被称为 ELS（特长绒棉）或极品棉。最名贵的是海岛棉，发现于大西洋的无名小岛，织品闪烁着丝光，市面上所谓的海岛棉大都是假的，因为其价格比 Cashmere（开士米 / 羊绒）更昂贵。

其次就是 Pima Cotton（秘鲁棉）了。生长于安第斯的高山上，日照时间特别长，只能人手采摘，棉绒特长，手感柔软，韧度十足，色泽光亮。美国近年来也在引进种植，称为 Supima。记得在纽约的第五街 Saks 百货公司见过 1000 针以上的 Supima 白色简单无花床单，价格过千美元。这比世界床单之皇、意大利皇室专用的“Frette”更为昂贵，因此我曾问过东京伊势丹百货公司内的 Frette 专卖店，他们也没有秘鲁棉床单。

第三位就是埃及棉，很多欧洲名牌衣服都有采用，例如 Burberry 的 Polo Shirt 往往都会注明是埃及棉。

第四位是我们中国的新疆棉，日本品牌无印良品的内衣就是采用的新疆棉。

入宝山岂能空手而回？但我在利马寻寻觅觅，最大的几间百货公司居然没有秘鲁棉的任何东西！最后，花了半天时间找到了一家内衣专卖店，见到 Pima 几个字，令我欣喜若狂。价格是 Calvin Klein 的 1/10 吧，我毫不犹豫地买了一打内裤，一打内衣。

↑宗教意义的llama

它就是可以做围巾的alpaca啦↑

店铺位于 Plaza De Armas 和 Palacio De Gobiemo 之间。

总体来说，秘鲁纪念品和工艺品的价格，基本上和游客的数量成正比。在游客必到的马丘比丘山下，购物最贵，在库斯科好一些。但在游客最少的利马，价格是秘鲁最便宜的。

还有，米拉弗洛雷斯（Miraflores）有数家 24 小时大型超市，可供吃完晚餐闲逛，有很多奇怪的水果和蔬菜。最佳的食品纪念品是烘干的世界最大的秘鲁玉米颗粒，当零食吃又健康又美味。

11

日本

瞬间看历史：航海大发现 & 欧洲殖民时期

1543 年，葡萄牙人登陆日本的种子岛， 时值日本战国时代。

回看中原大地

明嘉靖（1521~1566 年）1542 年起， 首辅严嵩专国 20 年， 吞没军饷，废弛边防，招权纳贿，肆行贪污。

梦江南

那是一个新月清照的夜晚，午夜梦回，回忆我去过的日本城市或地方。由那霸到网走，过尽千帆皆不是，唯有仓敷入我梦。

到达仓敷时，已经黄昏。出了车站，走去旅馆“奈良万”途中，我已迷了路。想不到，有位单车上的约 70 岁的老妪笑嘻嘻地问我，是否就是 Akio（“明生”的日文表达）。原来她就是“奈良万”的主人藤原，担心我迷路，就自己出来找我。我自不忍心坐上她的烈火战车，结果她就慢慢走着领我去位于小巷的古老大屋——奈良万。

藤原婆婆的先人在江户时代，由奈良移居至此，至今已第四代。原本经营割烹料理的家人，将这座有 240 年历史的民居改建成为旅馆，更荣获日本政府颁发的保存传统建筑的功赏。

日本不少酒店都可以选择和室（日式）或洋室，和室普遍会贵一些。但这种传统旅馆没有选择，只有和室。第一件事是坐在玄关脱鞋，鞋尖

波光里的艳影，在我心头荡漾↑

要向外，不能随便地站着用另一只脚代手脱鞋。藤原婆婆已用雪白的湿毛巾抹我的行李箱轮子了，以免弄脏榻榻米。

不像一般酒店，要远程而来的疲倦客人站在大堂排队，然后翻箱倒箧到处找护照填数据，找信用卡刷卡，第一眼印象就很差。

上了榻榻米，藤原婆婆打开幛子木门，请我坐在茶几旁，奉上温暖的抹茶，两片饼干，寒暄问候一番，然后才做登记。她闲适地坐在茶几旁慢条斯理地填写住客数据，感觉与西式酒店有天壤之别。

不知不觉天已黑。藤原婆婆问我肚子饿了没有。一会儿，她就再敲门进来，好像变魔术一样，托着一个大木盘，如花似锦地放置了各款割

小小的枯山水

烹料理，包括鲜鱼生、豆腐煮、天妇罗、面豉汤、甜品等。风卷残云，也不知为何她洞悉我吃完了，准时敲门进来收拾了。

没有电视，饭后的余兴节目，就是“举杯邀明月，对影成三人”。当然，吟诗作对，环境最重要。

仓敷于360年前的江户时代，凭借着得天独厚的仓敷川（即运河），成为鱼米之乡的“中国地区”（日本本州岛西部的山阳道和山阴道两个地区的合称）的大粮仓以及主要转运驿站。河水清澈见底，锦鲤游乐，运河上的石拱桥倒影成双。两岸的垂柳樱花，岸上的白壁仓库，配上古朴黑色的木条窗框，青瓦屋顶，正是江户时代的一砖一瓦，风情百年不变。仓敷于1970年被日本文化厅选为国家“传统建造物保存区”，俗称“美观地区”。

由于“奈良万”旅馆位于美观地区的中心，于是饭后散步，我一脚就踩进了360年前。像电影《时光倒流70年》真实加强版，一瞬间，时光就倒流了360年。

明月当空，走在柳树成荫、白壁青瓦静寂的石板路上，昏昏欲睡的煤油灯引领着我，去找城町小巷深处德川家康家的忍者武士，怎知金城武扮演的鬼武者从青砖瓦顶上飞檐走壁经过，留下一丝清风。忽然听到寺院钟声，才不欲归。

回到“奈良万”，风吕（澡盆）处的大浴缸已经注满了热水，温度维持在标准的40℃。木制拖鞋已经向门外放置好，浴衣亦挂在门后，过程中没有见过一个人，尽在不言之中了。回到和室，日式灯已经点燃，

↑和室讲究的造景

藤原婆婆自制的丰富晚餐↑

校在昏暗的程度，刚才晚餐的餐桌已收好，变成了铺好了的被褥，打开了一角邀请我入梦。

仓敷之夜，细致婉转，优雅动人，此景不该人间有，只应长存梦回中。当然，你要去“奈良万”睡一晚，才可供余生再发美梦。

12

中国台湾

瞬间看历史：航海大发现 & 欧洲殖民时期

1545 年，葡萄牙人发现台湾， 呼之为“美丽岛”（葡语 Formosa）。

回看中原大地

明嘉靖（1521~1566 年）吏治败坏，爆发多起农民起义，边事废弛。

日出玉山：清境

步出戏院，就应该脱离电影的情节，回到现实中了。但我每次看完感人的电影，回到家中，良久仍然沉醉在剧情中，更投入地在剧中和电影主角对话呢！

更何况，这一场冬天刻骨铭心的电影导演和男主角都是我自己。

伤口尚未痊愈，我就像逃兵一样到了中正机场。出了机场坐上飞狗巴士，两小时就到了久别的台中市。经过火车站，十年前我住过的富春大饭店还在，但面目已全非了，台湾也换了天。

换了去埔里的“南投客运”巴士，在车上吃了一个很美味精致的三杯鸡便当，也才 60 台币。台湾的便当，受日本影响，是一个受人重视的饮食文化，印刷精美的纸盒子里，摆设有如图书的主菜、前菜、饭、甜品，值得香港的“小强”外卖快餐店借鉴。

90 分钟就到了宁静的山中小镇埔里。

↑茶园和木屋的完美结合

清境的蓝宝石天空↑

客运站对面的阿婆小摊，大字写着“肉包每粒10新台币”（约合2.5港币），很有趣的量词呢。加上很浓郁的豆浆20新台币，就成了我的下午茶。我坐上下午4点40分最后一班去清境的巴士，上山去了。

车厢又窄又挤，沿途有很多中学生放学后乘车回山上的住家。到了一个站，司机居然停下车后，走来车尾的座位，摇醒睡着了的中学生：“下车了，小天！”原来，这里民风淳朴，关系亲密。

巴士向山上慢驶，天也开始昏暗了，连路牌也看不见了。我这次入住叫“香格里拉”的民宿，清境[①]山上有过百家民宿，怎么办？原来互助的乡民，除了发明“乘客叫醒服务”外，还有一招更贴心的——天黑后开启的“人肉报站机”！

一个稚嫩的童声开始叫：“‘云的故乡’到了，民宿‘人间清境’、‘香格里拉’下车。”开车门后借着街灯的光亮，我回头看一下那个“报

① 民宿是清境的特色，遍布整个山头，五步十步就有一间，外表都以欧式为主，使清境有“小瑞士”的美誉。

站机”是何方神圣？原来是个胖乎乎的小学生，站在司机旁边，看也不看我就扯高嗓门大声再报一次站，令我忍俊不禁，笑了出来。

“山重水复疑无路，柳暗花明又一村。”“霹雳霹雳”烧着木头的大火盆，在黑暗的林间小道，清脆地引领我到了民宿。

踏上原始粗糙的木地板，进入原木建的木屋，来自欧洲的木家具摆设，不像饭店，倒像去了法国的农舍一样。木柱上挂满干燥的麦秆菊、星辰花，散发出来的都是温馨的欧陆气味。一位 29 岁的年轻埔里人罗介鸿，亲手用原木盖出他的这个梦想之国，小至窗帘布和木椅，大至规划、筹建与施工，均是他和太太的亲手之作，这里就是“香格里拉空中花园”。

年轻英俊的钢琴手，弹出莫扎特的《费加罗的婚礼》，原来晚餐开始了。这里的民宿像日本一样，都是“一泊两食”。西餐的自助餐头盘，

↓街头小铺的小老板

烧着木头的大火盆↓

加上自选主菜，烛光下双双对对的情侣，酒不醉人人自醉。

“明天早上6点55分，在您的床上就可以看到玉山的日出了。”服务员温馨提示。那我还是早点乖乖回去睡觉，早点起床看明早的好节目吧！

连绵千里的黑压压是无尽的山脉。真正的舞台是黑暗大帝身后的天空，并不是我平时熟悉的蓝天白云或乌云密布。

成千上万密密麻麻的、有“昭和三色”之称的日本锦鲤大军在黑暗中率先游了出来，红粉绯绯胜过少女胭脂，黑白丹青赢于水墨。锦鲤们齐跃龙门，转眼间，满天的“昭和三色”全部反转变成万条雪白的鱼肚。

背后旁观的十月枫叶看到锦鲤急得烧起来了，大火冲天，在黑白的水墨画上泼上鲜红水彩的画框。烧到漫天翻滚，红火更镶上了金黄色的花边。一片一片的枫叶化成了灰烬，熄了，灭了。

煮熟了的鱼肚，泛起镜子一般的光泽，成了九寨沟的镜海。湖边顾影自怜的希腊神话中水仙花般的美少年（Narcissus），站在灰烬化成的小岛上，环顾四周，火红的枫叶越来越多，形成越来越密的灰黑色小岛。万千个小岛在漫延，连成了一望无际的陆地。

全世界都是灰暗，无尽的灰，无边的暗，陪伴令人窒息的静默。

这时，最后一片枫叶努力燃烧出一抹灿烂的火烧云，在陆地的中央，豪气地撒下一把缤纷闪烁的24K纯金粉。金粉耀眼地在空中翩翩起舞，恰似优美高雅的后宫佳丽一个人在跳舞。

随着最后一曲音乐《田纳西的华尔兹》落幕，浑身尽染黄金粉的大地开始苏醒。

↑ 十月枫叶红似火

↑ 天女散金粉

窗外↑

晶莹剔透、透明澄澈的五光十色，光影色彩在大地上流动，结晶成为金黄色的琉璃瑰宝。琉璃分裂成一块块时，下面才露出湛蓝清澈的汪洋大海。

金黄色的琉璃继续燃烧，将自己烧成光亮的白色，几近透明。牧羊童带领万千绵羊，放逐在一望无际的海洋上。领队的一只大金羊，格外地耀眼夺目。它放出令人目眩的金光万缕，令整个天空的万千绵羊向它臣服和靠拢。越来越多，黑压压地累积了一大片，只有羊圈中央的一点泛着刺眼的强烈光芒。

温暖。当我感到了光芒发射出来的暖意时，大金羊已烧光了四周围

↑日出了，新的一天在等着我

绕着它的所有东西，成为一个巨大的火球，慢慢向上升。一会儿又和我捉迷藏，藏到了途中的黑云后面，将云端分为两层，前面是黑云，后面是金云。

黑云筑成金色海洋上的楠木桥，让大金羊走上去，过了桥，已经升到了半空中，太阳出来了。

日出东方，光耀大地，万物欣荣，新的一天，在等着我呢！

行山是一种视觉享受↑

有山有水的民宿风景↑

13

葡萄牙

瞬间看历史：航海大发现 & 欧洲殖民时期

1553 年，葡萄牙人以曝晒被水浸湿的贡物为理由，登陆澳门。

回看中原大地

明嘉靖（1521~1566 年）闭关锁国，欧洲传教士未能获准进入中国传教前，均停留在澳门。

全球化的先驱：葡萄牙

葡萄牙，一个伊比利亚半岛上的贫穷小国，曾经惊天动地地改变了世界，画出了今天的世界地图。

如果说今天的东西方形成，东方文明代表落后，西方文明代表先进，这条界限和标签，都是因葡萄牙而起。

公元1000年，东方的成吉思汗经陆地征服了横跨欧亚的所有民族，高棉王国修建宏伟的吴哥窟，缅甸的蒲甘王朝大肆建造万塔之城。那时候的东方亚洲，是领导人类、象征文明的世界，西方尚处于黑暗封闭的中世纪。

过了500年，地球的风水轮流转，东方的明朝闭关锁国，西方的小国们跟随葡萄牙的船舶，经海路重新规划了地图。这次，东方的标签是被征服的殖民地。远到新大陆的美洲，都收归了西方各国的版图。而这次的标签，不是中土天子的自言自语，而是公认的世界新版图。

穿梭山城的古老电车是里斯本的特色↑

又过了 500 年，今天的东西方正步向全球化。但在 1487 年葡萄牙发现好望角，打通东方和西方的海路之前，世界还是各自分隔的，中国有 2000 多年自己的封建朝代兴替，欧洲的民族国家还没有形成，非洲、美洲的土著还不知道地球上有其他的大陆存在。

由葡萄牙领航的 15 世纪航海大发现，将欧洲以至全世界的贸易财富中心，由希腊罗马时代的地中海，转移到大西洋沿岸，导致了近代西方列强的崛起，包括西班牙、荷兰、英、法、德、日、美等超级大国，所以央视纪录片《大国崛起》的第一站，就是葡萄牙。如果没有葡萄牙，今天的东西方历史可能要改写。首先不会有美国、澳洲、新西兰、巴基斯坦、孟加拉等新兴国家，美洲、大洋洲可能还是土著的国度，南美洲也不会是拉丁美洲，而是印加和玛雅的国度。当然不会有香港、澳门，英文也不会是世界通行的语言。

绘制第一张世界地图

作为一个旅行家，最担心的事是没有地图。如果我要去一个没有地图的地方旅游探险，真还没有这份勇气！

地图不是天上掉下来的。现在的世界地图，也只有短短的 500 年，相比人类 5000 年的历史，实在很短。画出世界地图的第一个人，当然是我的偶像了。

先看看中世纪的地图，世界是方形的，陆地面积只有马可·波罗在

↑守望历史的航海纪念牌

贝伦塔是航海家的起点↑

元朝时经过的丝路所知道的东西方世界，没有美洲、澳洲等，非洲也止于地中海沿岸的北非。当时的人们相信，走出这些已知的世界，就会掉进无底深沟。

那是一个混沌的时代，中国的天子以人类世界的中心自居，中土以外皆是蛮夷。而欧洲人叫非白种人是摩尔人(Moors),因为分不清波斯人、非洲人和印度人。

500 年前，这位处于伊比利亚半岛西边的小国，是以怎样的勇气，克服了无知、恐惧？是以怎样的心态，打败了宗教的限制？然后，挑战人类体能、知识的极限，冲出大西洋，向未知的目的地航行？

我抱着朝圣的心情，来到葡萄牙里斯本海边的小城贝伦（Balem），世界的形成、地图的绘制、全球化的起点，始于这个小港口。

海边屹立着贝伦塔，500 年前的亨利王子在这里送行他的航海学校的学生们，踏上没有目的地的茫茫征途。纪念碑上的王子建立了人类历史上第一所国立航海学校，系统地研究航海科技。原因是什么呢？

欧洲人经过了文艺复兴，民族国家兴起，结束了中世纪的黑暗时代，开始向外望了。《马可·波罗游记》中对遍地黄金、香料、丝绸、茶叶的亚洲（主要是中国和印度）的描写，令欧洲人垂涎三尺。但中东的阿拉伯商人控制了前往亚洲的陆路，海路就成了唯一的选择。

旅游家的偶像

在冰冷、充满咸腥的海岸边，屹立着 1960 年为纪念航海大发现 500 周年而修建的航海纪念碑，记录了葡萄牙最繁荣光辉的岁月。浪花拍岸，船身形状的纪念牌镶有葡萄牙的国徽。

亨利王子和他的学生们，包括首次完成环球航行的麦哲伦、发现印度的达伽马、发现巴西的卡巴尔等，一齐望向未知的大西洋，眼露对大西洋神秘对岸的好奇、对明天的希望，更多的是向汹涌澎湃的大西洋挑战的坚定勇气。在这里就破釜沉舟、背水一战吧！驶进大西洋，跨进印度洋和太平洋，这不是一般的旅程。经年之后，大部分水手都命丧大海，麦哲伦也死在与菲律宾土著的战争中。但他们这些押上生命的旅程，改写了人类的文明和历史，将五大洲互不相通的各种文明、人种、民族连在一起。地球村，开张了。

纪念牌的正前方，地上刻了一个巨大的航海罗盘，是 1960 年南非

巨大的航海罗盘↑

送的礼物，正中央是葡萄牙航海家们500年前的路线图，包括非洲、美洲和亚洲（例如澳门）。

今天，由葡萄牙到南非好望角，只需18小时的飞行时间。但当年，欧洲人还不知道非洲的样貌时，葡萄牙航海家用了整整65年时间才由贝伦航行到好望角。由1424年开始，亨利王子的学生们就沿西非海岸一直往南行，每次航行都是地图的一次修改，直到1487年，迪亚士的船队经过半年的航行，绕过非洲的最南端——好望角，非洲的地图才开始成型。再经过了11年的航行，达伽马于1498年发现印度，亚洲的海岸线画出来了。更重要的是，印度的香料不再怕被中东的阿拉伯商人在陆路上垄断了，可以经这条新发现的海路直抵葡萄牙，令全国欢腾。里斯本瞬间成了欧洲的贸易中心，一把印度的丁香可以换来一把金币，葡萄牙因此繁荣起来。

中土的天子却在这个交叉点上错过了历史的机遇。1405 年开始，郑和因“成祖疑惠帝亡海外，欲踪迹之，且欲耀兵异域，示中国富强”而七下西洋，原本比达伽马早了 90 年打通亚、非、欧洲的航道，但到了 1433 年就因郑和在印度去世停止了。到了 1498 年的明孝宗弘治年间，中国已关上了自己的大门。

目标清晰的葡萄牙有计划得多，为了纪念这件改变国家命运的大事——发现印度，1502 年开始，用了 60 年，在贝伦修建了豪华的天主教哲罗姆派修道院（Mosteirodos Jerónimos），这是著名的曼努埃尔（Manueline）式建筑的代表作，使用了大量扭转造型的圆柱，大理石雕琢出了众多的国王纹章和有繁复雕饰的窗框，已被列入联合国教科文组织名录。

东边的航线已被葡萄牙占领，眼红的邻国西班牙急起直追，唯有向大西洋另一边西行，绕过地球去香料之国——印度。1492 年 8 月 3 日，哥伦布向西起航，很幸运，他只用了两个月零九天，就在茫茫大海中看到了陆地——欧洲人第一次抵达了美洲的古巴。这一天是 10 月 12 日，就是后来美洲各国定为节日的哥伦布日。他以为这里就是印度了，所以他当年见到的美洲原住民，到今天还有一个莫名其妙的名字“印第安人”（英文即印度人）。直到 1506 年哥伦布死去，他仍然认为自己发现的地方是印度。他太小看地球的直径了。当然，如果他知道地球那么大时，他可能不会向西行了，不然，走到一半，就会中途断水断粮了。

哥伦布死了 13 年，他的环球航行梦想，才由葡萄牙人麦哲伦完成。投报了西班牙国王的他于 1519 年出发，经过大西洋，到南美洲火地岛，发现了智利，又历经 100 多天的航行，穿过麦哲伦海峡，进入了一个新的大洋，他就为这片海洋取了个好意头的名字——“太平洋”。又用了 100 多天横越太平洋，终于到了亚洲的菲律宾，麦哲伦就死在那里。他的船队继续再经南非回到西班牙，发现经过环球一圈后，航海日记刚刚少了一天。用了整整三年时间，赔上了自己的性命，麦哲伦证明地球表面大部分地区不是陆地，而是海洋，世界各地的海洋不是相互隔离的，而是一个统一的完整水域。更重要的是证明了地球是圆的，不是方的，绘成了圆形的世界地图。

人类第一次认识了自己居住了 5000 年的地方，是一个圆球。

贝伦是我去葡萄牙的主要原因。朝圣完之后，就在著名的葡挞元祖

↓航海纪念碑前，来自南美印加的流浪艺人在吹排笛

著名的葡挞元祖店↓

店——Confeitaria de Belem 吃一个下午茶，葡挞的原名就叫贝伦挞，三个 0.9 欧罗，新鲜出炉，所以每天下午都大排长龙。吃之前可以学当地人放一些肉桂粉。肉桂，当然也是达伽马从印度带回来的战利品之一。

熟悉的里斯本

里斯本，对香港人来说，似曾相识，因为我们隔壁的澳门，曾被葡萄牙殖民过百年的关系。市中心的罗西欧（Rossio）广场，有着和澳门市政厅一样的喷泉和铺成水波形的石子路。虽然没有澳门的葡国鸡和葡京赌场，里斯本的马介休，海鲜价低物美，几欧罗已经有像样的一餐海鲜饭，以西欧的价格来讲，可能是最低的了。

从我住的罗西欧广场附近的小旅馆望出去，一片粉红，没有现代化的高楼大厦，都是红瓦尖顶的小屋，里斯本更像一个南欧小镇。因为专注于航海和殖民地拓展（抢劫），葡萄牙错过了西欧的工业革命。当“二战”后遍布各大洲的殖民地独立后，葡萄牙成了西欧最贫穷的国家。这也使里斯本保留了上世纪的建筑。

例如兴建于1902年的圣露西亚电梯瞭望台，开始是蒸汽的，1907年改为电力的，运作至今，仍有中年妇女用人手操作，2.2欧罗来回坐一次，坐着木头电梯，有点像香港战前大厦的手拉笼式电梯，但四周雕琢精细的装饰铜架，仍然令人想起当年里斯本的富裕繁荣。十层楼高的瞭望台上风很大，吹得人都站不稳，这里可以远眺山丘顶的圣乔治城堡，以及

↑里斯本更像一个南欧小镇

罗西欧广场上的喷泉↑

河面的邮轮。

下来后去买一天有效（One Day Pass）的搭车证，找了半天售卖的报刊亭（Kiosk）也没有买到。最后找到，原来是指乐透（Lotto）站！四欧罗任搭市内交通。

里斯本的老城区是阿尔法码（Alfama），倚山而建，山路狭窄又陡峭，坐电车是最好的游览方法。坐上28E号的百年电车，传统的木制车厢，可以闻到航海大发现时的气息。由广场出发，摇摇晃晃地进入阿尔法码，两边的住宅几乎伸手可触。中途下了车，俯瞰里斯本城——这个无数伟大的航海家的故乡，这个令他们从南美，从亚洲，从非洲，千辛万苦都要回来的家。

14

越南

瞬间看历史：航海大发现 & 欧洲殖民时期

1849 年，法国殖民越南。

回看中原大地

清道光（1821~1850 年）1842 年，清朝在第一次鸦片战争中被英国打败，并签订《南京条约》，将香港岛连同邻近的鸭脷洲正式割让给英国。

出河内记：逃逸下龙湾

听不见的“早安，越南”

河内，听说比越南第一大城——胡志明市小很多，也宁静很多。河内像是北京，胡志明市像是上海。

其实，河内人口的确只有胡志明市的一半，约300万人。

早晨，一推开窗，不，还没有推开窗，就听到隆隆的电单车声，还有震耳欲聋的喇叭声。只管大声叫嚣吧！“Good Morning，Vietnam.”（胡志明市，早上好！）因为反正你也听不见自己的声音。

胡志明市有约300万辆电单车，河内稍稍逊色，约有155万辆！两个人就有一辆。如果不计老人小孩，几乎人人都有一辆电单车。而河内的司机，大约是全世界最没有耐心的，每一分钟，大巴向前面的房车按喇叭，房车向左右的电单车按喇叭，后边的电单车向前边的电单车按喇叭，然后，反过来。还有，不管前面有人没有人，所有大小车都会不停地响喇叭。最终，从早到晚几百万个高音喇叭不停地在这个城市上空响彻云霄，时刻提醒你到了以电单车噪声闻名的河内了。“Lonely Planet”（孤独星球）的温馨提示——“带一个耳塞去河内”，原来不是讲笑的。

摩西出红海

比起新兴的胡志明市，古老的河内街道更狭窄。旧城区36街的大小街道上从早到晚都塞满了汽车和电单车，行人过马路，更像“摩西出红海”——要勇敢地用自己的血肉之躯，迎向无数如狼似虎的千军万马，杀向密不透风的蚂蚁阵，才能劈开马路上川流不息的电单车队，现出一条仅仅一人宽的通道。

即使在旧城区行走，也是生命中的一大挑战。因为很多心急的电单车手骑上行人路，才不理一条不到三英尺宽的行人路，到处泊满了电单

↓河内街景，前路茫茫

当地上班族习惯在行人路中间开餐↓

车，车阵后面还摆满了十多档河粉、春卷、香草、法包、饮品等小贩的摊档，还有众多坐在地上开饭的当地女性上班族。当然，车手们才不理，因为他们知道不停地按响喇叭，鸡飞狗走，就会杀出一条血路来。而行人耳朵受罪，还要冒生命危险！

好天尚可，下雨天，无良的司机不只制造噪音，更飞溅起一地的泥水和垃圾。走在夹缝中的街边，檐篷又在不停地滴水。

老实讲，对旅游奇景接受度和容忍度极高的我，第一眼的河内印象比胡志明市更差，第一耳的印象更是没有一分钟的宁静。

直到一头钻进大宇酒店的游泳池，这个远离市中心的韩资酒店有一个奥运标准的 100 米长游泳池，终于可以享受一刻清静了。

200 美元吃遍河内三大名店

除了众所周知的越南河粉（Pho），河内还有很多的越南美食。

先去第一家“Cha Ca La Vong”——从“Lonely Planet”（孤独星球）到所有旅游天书都一致推介的河内第一名店，开业 138 年以来，独沽一味，卖炭火炸黄鱼，出名到政府以这个不起眼的小店作为这条街的名字，所以很好找，这条街也叫 Cha Ca Street。坐下也不用点菜，因为没有菜单，十万盾（约合 50 港币）一位，上了炭炉，上面小铁锅铺了一层方形的黄鱼块，油浸着。然后侍应放一大堆葱、香草进去，多得满锅都是。吃时将一柱香草、一块鱼、油放入饭碗中，加入米粉、生香草、花生粒、

↑猪肉檬卖相不怎么样，但味道极好

Bun Cha Dac Kim 门面，其貌不扬↑

鱼露混着吃。十分丰富的层次，香气四散，口感十足，美味！所以小小的二层木楼时刻都坐满了人。

第二家是“Bun Cha Dac Kim”，以猪肉檬出名。一大碗炭烧猪肉烧得黑黑的，用青木瓜汁浸着，一大箩的各式香草，还有檬粉任装。每次混合青木瓜汁、炸春卷、炭烧猪肉、檬粉，再抓一大把香草，虽然卖相不怎么样，但又香又浓，分量又大，一个人根本吃不完，每人5.5万盾（约合27港币）。

门面很难找，十分不显眼，所以我特别拍下门面给大家。

第三家“Quan An Ngon”，是汇聚了南越、北越十多家美食的集中营，好像中式大排档中的各式小食档，任你点，最后结一张单。我一时兴起，像去茶楼一样，指指点点，每一档都叫一两样试试。可能是沟通的问题，我要一条春卷，来了一盘共五条。我要一份虾饼，来了半打。取消了两样，但也吃不完。最后埋单，十样菜共 25 万盾（约合 125 港币）。

吃了三家越南菜后，是时候清清肠胃了。Green Tangerine 开在还剑湖的旁边，老板是法国人，老婆是越南人，理所当然地做起了私房菜

↑ Green Tangerine的“挪威的森林”

西湖边上的 The Cuc Spa 获奖无数 ↑

（Fusion）。头盘的汤十万盾（约合 50 港币），主菜 50 万盾（约合 250 港币），以河内价来讲都很贵。怪不得门口的女侍应都是法国人！但卖相很别致，如用一条条的葱插在芋泥中，形成“挪威的森林”，红萝卜和金针菇就是森林的花朵。

吃饱走累了，去做按摩。在胡志明市时，我就发现了越南的 Spa 水平与巴厘岛有一拼，但价格只是巴厘岛的一半。这次去一间本地人介绍的“Thu Cuc Spa”，十层楼高，先有蒸气、桑拿、按摩沐浴，然后在水中央的木亭上，享受四手按摩，很快昏昏入睡了。多少钱？难以想象这种酒店水平的 Spa 服务，一共 35 美元。

“国庆大阅兵”：下龙湾

下龙湾，越南第一自然景点，1994 年入选世界自然遗产。

这次选择了巴雅号酒店（Bhaya）的帆船，扬帆出海两日一夜，和我同行的是一对欧盟情侣，俊男 Adrian（阿德里安）是比利时的大学生，美女 Marta（马尔塔）是意大利人，在伦敦读大学。上了船，巴雅号的工作人员用英语和更流利的法语讲解，令我以为去了欧洲。

午餐时坐在甲板上，看无尽的一座又一座的小山峰，乘着徐徐不兴的海风，踏着静如镜面的海水，鱼贯而过。山形各不相同，有的拖儿带女，有的孤清高雅，有狮吼兔跳，移动城堡矗立，坦克车轰隆隆辗过，像正在上映的越南水上木偶剧——“轻舟已过万重山”。

内地桂林、泰国攀牙、日本松岛，都是同类型的水中奇峰，但以下龙湾的规模为最大。如果其他的美景是三五成群，拥有 1969 座石灰岩岛屿的下龙湾就是“国庆阅兵”了，千军万马，变化多端。

这次选乘两日一夜的巴雅号中式帆船↓

↑ 坐上小船去探访水上人家

我们快撞船了 ↑

中途到访小渔村，坐上手划的筲箕一样的小舟，到了个四面环岛的天然内港，参观水上人家。比起比邻的柬埔寨的水上人家，这里富裕多了，有电视机，还有学校。由于学生不多，一位老师同时教三个班，所以学生年纪相差很大，老师都会讲英语。

回船后，我和欧盟小情侣去玩独木舟，他们两人居然比不上我一个人快！水面平静，我可以划得飞快。鼓声传来，原来有一队龙舟队在练习，我们决定去挑战龙舟！龙舟队见我们来势汹汹，齐声一吼，三扒两下就甩开了我们。

船只夜泊四周环岛的内湾，无风无浪。晚饭后，大家在甲板上数星星。阿德里安和马尔塔讲他们相遇和相爱的过程，由米兰走到尼斯的周末兼职、来回在布鲁塞尔和伦敦上学，就文化和人民生活而言，欧洲真的是一个国家了。我的有生之年，会否看到亚洲也是这样的世界大同呢？

次日早晨六点，本来可以去甲板看日出的，但前一夜聊得太晚，我们都睡到日上三竿。上到甲板，职员在教人打太极拳。忽地后面的风景动了，兔子往后跑，公鸡也探出头来，船开动了。

日出下龙湾 →

意大利美女沐浴在下龙湾的日出里 →

回去河内的车上，司机长播邓丽君和广东话旧歌，他说他听不懂，但这些歌都有越南语版，年轻人也爱看港剧和台剧。比起中南半岛其他国家或城市，河内受中国文化影响更多。在被法国殖民前，越南一直受中原文化影响并统治了2000年。河内街头是下中国象棋的街坊，名胜是纪念孔夫子的“文庙”，古迹上全部是汉字，因为自西汉开始越南就使用中文，直到1945年才被拉丁文的新越南语取代。

原宿 参道元
谷支店
【協 力】日本
組合連合会／高
祭振興

15

日本

瞬间看历史：航海大发现 & 欧洲殖民时期

1868 年，日本明治天皇继位，全面西化及现代化，脱亚入欧，是为明治维新。

回看中原大地

清同治（1862~1874 年）经过两次鸦片战争，清朝从天朝的美梦中惊醒，痛定思痛，意欲图强，开始“师夷之长技以制夷”的“洋务运动”，比日本“明治维新”还早七年。但在第一次中日战争（甲午战争）中证明日本改革成功，中国改革失败。

原宿表参道元气祭

110 万花枝招展的盛装男女老幼在八月炎夏，由四国岛的高知县、九州岛、北海道，蜂拥到东京最时尚的潮流中心——原宿街头，随着昭和年间的 Yosakoi[①]民俗音乐，手持民间节拍乐器——木制“鸣子”，每一队都穿着整齐的传统和服、浴服，或自己设计的新潮制服，鼓乐喧天，翩翩共舞在原宿的表参道上。这就是一年一度最盛大的现代都市祭典——原宿表参道元气祭。

热腾腾的巴西里约热内卢嘉年华以桑巴热舞著名，唯美浪漫的水城威尼斯嘉年华以华丽面具攫人，内敛严谨的日本人怎样和豪放的热舞拉上关系的呢?

昭和 29 年（1954 年），在贫穷的四国高知县，县商工公会为了振

① 最初由高知县夜来祭开始发展起来，并逐渐成为盂兰盆节期间在日本各地举行的一种祭典形式。

↑虽然都是业余舞者，但十分敬业呢

东京首屈一指的名校——庆应大学“Janbar”队↑

兴地方经济，发起了这个名为“元气祭”的活动。第一年有 21 个队共 750 人参加。50 年来，这种极具个性的民间街头表演传遍日本各地，每年都有大大小小 200 多个元气祭于各地举行。而原宿表参道元气祭是其中一年一度规模最大的庆典。说是表参道元气祭，其实还有八个舞台，散布在原宿的公园、广场、文化馆，最主要的舞台是明治神宫前，距离路易·威登、香奈儿、迪奥东京总坛也就数步之遥。

近藤同学这次也是被编排在明治神宫前的舞台表演里。他是我弟弟的日本同学，上个月我在朝日电视台的新闻上看见他在北京举行的“机器人大赛”中代表日本队赢得冠军，这早在意料之内，所以我也第一时间短信祝贺他。他回信说，本月要参加的元气祭比机器人比赛更好看时，我就非要亲自来看看，这位木讷内向的理科高才生是如何在原宿街头跳舞的！

“下一队是代表庆应大学的 Janbar 队，他们男女生各有 23 名。采

↑台下的观众看得如痴如醉

仙台大学勇舞会的同学坐了十个小时的火车来东京参赛↑

自嵯峨天皇（嵯峨天皇即位同期为中国盛唐的贞观之治）宫廷舞蹈，主题是感谢先人的恩典。”司仪声音浑厚的介绍，让观众如痴如醉地大声鼓掌。我将近藤交给我的3G电话的镜头对着舞台，咫尺万里，视频电话的另一端已接通了在巴黎的近藤外婆！

身穿五彩缤纷唐草吴服的46位大学生，一上台就齐吼一声，整齐刚毅，一丝不苟，男生威武有力，女生妩媚可人，瞬间仿佛回到了平安时代的绮丽华彩宫廷。我终于找到第二排的近藤同学，差一点认不出这位龙腾虎跃的唐朝武士，就是那位发明机器人的高才生！古乐悠悠，钟鼓齐鸣，尺八古雅，更有《周礼·春官》的意境。

听筒另一边传来巴黎外婆“呵呵”的笑声，看着这群年轻人唐风古朴的舞姿，想着近藤的机器人上个月在北京如何完成投篮的动作。

刹那间，万水千山，近在咫尺。浩瀚历史，生龙活虎，栩栩如生。礼失而求诸野，焉能不铭感扶桑与鉴真兮！路不拾遗，夜不闭户，盛唐风采，大同世界，正正此时此地。

日曜日，午后之晴海通

在飞机上翻翻最新一期的《Tokyo Walker》（日本著名旅行杂志），计划一下我短暂的东京之旅。无意中看到一个小小的广告——东京论坛（Tokyo Forum）将在这个星期天举行“大古董市”。由于近年日本经济不景气，中古品（二手货）、古董品由贫穷阿伯的至爱，升华成为《Men's Nono》（日本男装杂志）的人气潮流品。以前我也去过上野和新宿类似的地方，很多古怪的东西令我乐而忘返。

于是，我星期天一大早就到达“有乐町”站旁的“东京论坛”，空荡荡的广场上只有叽叽喳喳的麻雀。找了半天，问到一个职员，才知参展摊贩不够数，临时顺延一个星期。失望的我漫无目的地溜达，抬头一看，原来已来到了“晴海通”。

印象之中，以晴海通为中心的银座是日本明治时期以西洋风格建造的街道，也是世界地价最贵的繁华街道之一。

↑路易·威登门口的雅座，居然免费

沧桑忧伤的印第安竖笛，
回响在高楼大厦之间↑

今天的晴海通，车水马龙不见了，休闲的太阳伞大摇大摆地放在大马路中央，白色的花园桌椅邀请路人们去坐坐。懒洋洋的初秋阳光，和暖地洒在空旷的午后。昂首阔步在这个世界最贵街道上的，是几只小猎兔犬。后面银铃一串串，小主人蹦蹦跳跳。高贵的妈妈并没有进到旁边的芬迪（Fendi）店血拼貂皮大衣，而是面带微笑，优雅地猫行在小孩后面。

时而高山流水、银瓶乍破;时而回山转海，空山凝云。玛雅族的卖艺人正在吹奏山鹰之歌（El Condor Pasa）——印第安民歌，中年日本主妇听得如痴如醉，摇头晃脑。曲后，她主动上前和卖艺人搭讪，音乐无国界，很快，她已经手持竖笛，有模有样地吹出了山口百惠的《秋樱》，更赢得遍街的掌声，当然，其中一位粉丝是她的老伴。最后，主妇心满意足地买了一只竖笛，归家去了。

↑由米酒种发酵而成的面包味隔着玻璃也闻得到

一个红豆甜，一个栗子香↑

天空由蔚蓝变成了深蓝，天边更烧起了姹紫嫣红的彩霞。一位踩单车的美少女，一阵风似的在面前飘过，留下似有还无的余香。她是“借着雨点说爱你”的榎田濬吗？赶着去会她上世纪的情人？

一阵面包香，由三越（日本百货公司集团）对面的木村屋传来。原来酒种面包新鲜出炉了！明治七年开店，由米酒种发酵而成的面包，相比东京新派洋果子店的唯美浮夸，它其貌不扬。望上去，全店的面包都是土土的一个模样，只是有约十种人工做馅的分别。

坐在回程的火车上，我已等不及回酒店拍照后再大快朵颐，在车厢中便不顾仪态地一口咬了下去。热烘烘新鲜出炉的面包，永远令人感动。何况它们飘散着清酒的淡丽，再配上一个红豆甜，一个栗子香，一个番薯滑。

在经过锦系町站时，舌尖尚留有温柔美丽的晴海通，想起遥远的香港，此际也正风和日丽吗？

16

老挝

瞬间看历史：航海大发现 & 欧洲殖民时期

1887 年，法属印度支那正式成立，包括今越南、老挝和柬埔寨，首府位于河内。

回看中原大地

清光绪（1875~1908 年）1888 年光绪大婚，翌年亲政，北洋水师成立，由慈禧太后垂帘听政。1900 年义和团提出“扶清灭洋”，随后八国联军攻入北京。

冰火极致的神秘国度

百万富翁体验睡街边，可以成为一个电视节目供人欣赏。只因“精神分裂”，是追求刺激的香港人热衷的玩意儿。

那么在亚洲最贫穷、最封闭的内陆国家，体验法国人主理的五星级超豪华度假村，入住一晚房价相当于当地人全年工钱的泳池别墅，是否令人发指、穷奢极欲？

这里是老挝，每年人均收入只有 859 美元，比香港人心目中的落后国家泰国低五倍，在全世界 176 个国家中几乎包尾，排 146 名。东盟十国的人均生产总值排行榜，老挝敬陪末三。

老挝在国际舞台的知名度超低，不像柬埔寨有世界闻名的吴哥窟，以及臭名昭著的“红高棉大屠杀”；也没有越南令人闻风丧胆的越战、香港人难忘的船民、风光明媚的下龙湾、经济起飞的胡志明市；连缅甸最少还有一位美丽的昂山素季让世人景仰。

夕阳下的老挝古都琅勃拉邦↑

这个印度支那的内陆国家——老挝有什么东西呢？你听过这个国家任何新闻吗？

出发之前，先看一条值 100 万的基本问题：“老挝的首都在哪里？”

A. 仰光　　B. 万象

C. 老挝　　D. 永珍

（答案在本章最后）

每晚为你点灯

Infinity Pool（无限边缘水池）池边的法国大餐、巴黎大厨、法籍大堂经理、红酒芝士鹅肝酱，一切在香港中环、上海外滩或曼谷出现，都是再正常不过的组合。但在亚洲最贫穷、最封闭的老挝的深山之巅出现这种最富贵、最遥远的梦幻组合，就有“冰火三重天”惊喜交集的感受了。

夕阳西下，侍应在餐桌四周的地上点起500支蜡烛，在晶莹剔透、流光溢彩的Infinity Pool里放了水灯，池外盛放的鸡蛋花树上也亮起了灯笼，法籍大堂经理向我介绍由两国大厨主理的合成晚餐（例如法国鹅肝酱配老挝香草）及种类繁多的波尔多餐酒，我以为已经很完美了。

哦，还有视觉的享受——请望远一些，对面山顶全市最高的浦西山（Phu Si）佛塔，日落西山后，准时为我亮灯了！原来，酒店每晚捐钱给寺庙支付山区昂贵的电费，让黑沉沉山林之上的金色浦西山佛塔每晚

↓五星级的服务出现在深山之巅

水边的灯亮了，
对面山上的寺庙也明了↓

都开大射灯，让在黑暗森林中、酒店泳池旁享受晚餐的我，举起酒杯时，惊鸿一瞥罕见而昂贵的百年闪光。

幽深山林中的这颗闪烁明珠——浦西山佛塔，是琅勃拉邦（Luang Prabang）的市标。

浦西山佛塔建立在市中心的山上，是欣赏日落的绝佳地点。登上138级楼梯，可以俯瞰整个琅勃拉邦市，炊烟下只有数条大街，城外全是原始森林，对面森林顶端就是攀喜风筝山（La Residence Phou Vao）酒店。极目远眺，黄泥色的湄公河和另一边的Khan河玉带蜿蜒，交汇在几十公里外的高山白云间，河面烟霞泛起，宛如新娘脸上的金光。

缘起《Travel + Leisure》

我已经去过多次其他东南亚国家，却从来没有找到去老挝的一个借口。诚然，这个落后封闭的国家，神秘到有什么景点都不曾让外人知道。

直到上个月，美国著名旅游杂志《Travel + Leisure》推选全球最佳旅游城市，头十位（如印度代浦、南非的开普敦、意大利的佛罗伦萨、秘鲁的库斯科等）我统统都去过了，唯独有一个陌生的名字琅勃拉邦，我闻所未闻，连在地球的什么地方都不知道。

汗颜的我急忙做功课，才知道这个备受老外旅游家推崇的宁静山城，正是我从未踏足的老挝千年王朝——“澜沧王国”的古都。整个古城在1995年被联合国教科文组织列为世界文化遗产。

↑湄公河蜿蜒穿过，阡陌交通，鸡犬相闻

这么近，那么远

借口十足，就赶紧直捣这个神秘的山城古都吧！才发现“蜀道难，难于上青天”。因为香港没有航班直飞老挝，要先飞新加坡、曼谷或河内，转机时间超过六小时，夜晚才到达首都“永珍”。住一晚后，第二天再转内陆机或乘坐八小时的巴士去琅勃拉邦。舟车劳顿两日，才能到达这么近的东南亚小城，令我有些却步了。另一条陆路线是由云南昆明坐 24 小时的巴士来这里。最后，被我偶然发现河内居然有老挝航空（Lao Airlines）的航班直飞琅勃拉邦，不经万象，反正万象景点乏善可陈，那就直接去琅勃拉邦吧！

在河内换上老挝航空的螺旋桨小飞机（标志是鸡蛋花），同机十多人，清一色都是欧洲游客，有来自富裕家庭的，也有背包客，但除了我，一个亚洲人也没有。难道这里真的是传说中的西人隐藏的天堂?

到了琅勃拉邦机场做落地签证，有一张菜单似的收费表，分级收费，各色人等，绝对不公平。除了东盟国家及日本免签，同样的一个旅游签证，中国内地护照收 20 美元，香港特区护照收 30 美元，英国护照收 35 美元。过了夜晚七点还要多收两美元，加班费吗?

机场有酒店车接，沿凹凸不平的泥土路进入市区。

“山重水复疑无路，柳暗花明又一村。”

酒店职员正在准备“500 蜡烛晚餐”，供一张桌子的住客享用。

答案：B 和 D

↓印有鸡蛋花标志的小飞机

准备“500 蜡烛晚餐”也要两个小时↓

A. 仰光：缅甸首都。

B. 万象：中国内地对老挝首都 Vientiane 的翻译，来源于 1353 年当地建立的第一个统一王国——“百万大象”，简称“万象”。

C. 老挝：中国内地对老挝的称呼，因为当地各民族都是“老族”，如“老听族”、”老同族”等。所以当地人自称 Lao。

D. 永珍：由英文 Vientiane 音译而来，和“万象”同指老挝首都。

橘色的黎明

琅勃拉邦是老挝千年王朝“澜沧王国”的古都。人口只有 16000 人，是香港一个沙田区的 2.5% 左右。这里人口稀少，但寺庙过百，其中 33 间被列为世界文化遗产，真的是“遍地开花”。

↓橘色的智慧照亮了老挝

见到了和尚打伞，无法无天↓

依托“世界文化遗产”这个通行全世界的金漆招牌，即使交通不便、基建落后，仍然吸引了很多远来的欧美游客，所以每间寺庙都郑重地将联合国教科文组织的证书放在大门口。

千人织彩云

凌晨五点半，晨光下的法国街和旁边的小巷，静静地冒出了几十位老人家，每个人都手持竹篓，肩膀上都斜披着白色的沙龙。有的手拿小木凳，然后就坐在路边等候。没有小木凳的，就赤足跪在路边。除了早起的鸟语，没有一个人说话。

六点整，街道的尽头出现了一点橘色，往前不停地延长，织到半条街那么长，彩云下橘色像缎带般飘过来，轻盈无语。原来，是一间寺庙

↓不停延长的橘色

老太太掏出糯米饭布施僧人↓

的数十位沙弥，跟着带头的僧侣鱼贯而行来化缘。身穿露左肩的橘色袈裟，腰间系着黄布的腰带，赤着脚，左肩挎着铜制的化缘钵，庄严而无声地慢慢沿着街旁走过来，把蒙蒙亮的街道照亮。一会儿，又有一条又一条橘色缎带飘出来，是其他寺庙的了。

当领队的僧人走到街边第一个跪着的信徒身边时，就打开化缘钵，老太太就用手从竹篓里掏出一把糯米饭，放进师傅的化缘钵里。布施供养僧人，对自己和家人都有消灾延寿的作用。

酒店的侍应准备了新鲜的糯米饭、白色沙龙、草席这三宝给我，让我也一尝跪着布施的滋味。试了才知道，徒手不停地抓出热腾腾的糯米饭，很烫手。还要握成一小团，再放入每位师傅的化缘钵。我布施时笑着望向那些十一二岁的小沙弥，他们也友善而害羞地笑一笑。

老挝虽然是社会主义国家，九成以上的人口是佛教徒。很多男性年轻时都曾出家，守沙弥十戒。每天早晨化缘得来的千家饭，就是他们一天的粮食，而且严守佛教“过午不食”的戒律。

布施完，早市刚好开始。和中国人一样，什么背向天的动物都可以当食物卖，例如活生生的田鼠、蝙蝠、七彩鹦鹉的尸体，最吓人的是一条可怜的野生大鳄鱼，也被五花大绑当食物出售。我真担心买它的主妇如何处置这个凶悍的晚餐主角，是刺身、清蒸呢，还是姜葱生煎?

智者出少年

这里的佛寺很入世，全部都在市区的中心或民居附近，而且永远大门中开，夜不闭户，大部分都不用入场费。化缘过后，僧人和小沙弥们就回到寺庙吃饭，饭后小沙弥全部都去上课，学习英文、数学、宗教等。贫穷的老挝老百姓，都愿意将儿子六七岁就送到寺庙接受免费教育，如同寄宿学校，直到 20 岁毕业。大部分沙弥都会还俗，只有小部分继续出家的成为正式的僧人或比丘，比丘要守 227 条比丘戒条，比十戒的沙弥更为清苦严格。

下午，沙弥从僧校放学了，有的在打扫，有的在看书。我于是来到其中最大的一间寺庙——香通寺，想和沙弥们来个文化交流。果然，我一坐下就有一群十多岁的橘色袈裟向我这边飘来，其中一位 18 岁的沙弥 Noi，主动用英语和我攀谈起来。他第一句话，就说早上化缘见过我！我问，那么多人布施，你怎都记得？他说，平时布施的老人家每一天都在同一个地点，生面孔的游客很少的。

↓我右边就是为我上了人生一课的Noi

小沙弥排在队伍的最后↓

香通寺是最大的寺庙，特色是低可触地的屋檐↑

我最好奇的是后生男仔怎么可能每天都“过午不食”，肚子不会打鼓抗议吗？ Noi 说，饱暖思淫欲。现代人很多病都是吃出来的，戒食是提醒自己不要贪心，过了中午就不要贪吃了。佛教认为所有烦恼的根源是人的贪念和欲望，当然包括食欲，所以应该加以控制。西方也有同样的思想，《圣经》中的七宗罪（Seven Deadly Sins），其中一宗罪是贪食（obesity）。在此封闭的深山国度，年纪轻轻，却有如此不同凡响的价值观和流利的英语，令我折服不已！所以，当他悄悄地问我刘德华是否真的结婚了时，我差点儿晕了过去。

Noi 介绍香通寺建于 1560 年，是皇家的寺庙，我认为比皇宫更为豪华。他带我去参观镇寺之宝，是 1967 年用日本进口的玻璃马赛克镶嵌而成的“生命之树”大型壁画，在阳光下闪闪发光。建筑风格和泰北清迈的兰纳王国（Lanna）很类似，原来，清迈曾是老挝的属土。

Noi 除了学习英文，还在自修日文，他拿出他的笔记本给我看，并用日语和我谈了几句。因为他 20 岁还俗后，想去法国街的店铺做售货员，会讲日语的话工资要高一倍。

知识改变命运，四海之内皆如是。

法国街上的大皇宫

从寺庙出来，去大皇宫，它位于市中心店铺林立的唯一一条大街 Si Savangvong Road（又称法国街）上。遍寻不着，原来走过了还没发现，和众多金光闪闪的寺庙相比，朴实的“皇宫”门口还有夜市摊档，看上去像一个豪宅而已。贵为一国之皇宫，为什么落得这么简陋？先要了解一下陌生的老挝历史。

老挝第一个统一王朝是 14 世纪建立的澜沧王国，于 1695 年分裂成三个弱小的国家，其中一个小国就是琅勃拉邦，先后臣服于邻近强大的缅甸、泰国和越南，直到 18 世纪。这里是琅勃拉邦王国的皇宫，修建于法国殖民早期的 1904 年，集老挝传统建筑和法国宫殿特色于一身。

时光倒流 200 年，欧洲列强正努力征服亚洲，中国的清朝风雨飘摇，香港刚割给了英国。日本明治维新开始了。东南亚除了泰国以外，全部沦为了欧洲列强的殖民地。荷兰人占领了印度尼西亚，称为荷属东印度。

法国街的夜市比泰国的安静很多↑

缅甸、马来西亚、新加坡被英国统治。其余的如越南、柬埔寨和老挝则被法国人看上了。

1858 年，法国人在越南中部的岘港登陆，1883 年和越南当时的宗主国中国爆发中法战争，两年后中国战败，正式放弃越南的宗主权，法国占领了越南及柬埔寨。

1893 年的法暹战争（暹为暹罗，即泰国）中，在法国大炮的威逼下，泰国同意放弃湄公河以东，老挝成为法国殖民地，而琅勃拉邦王国沦为法属保护国，开始了漫长的法属印度支那时代。

“印度支那”一词是音译自法文“Indochine”，表示位于印度与中国之间，并受两国文化影响的区域。但华人普遍习惯使用“中南半岛”一词，主要是因为中国抗日战争时期，“支那”发展成为侮辱中国的词语，改用“中南半岛”，意思为“中国以南的半岛”。

所以，琅勃拉邦王国的皇室只是被法国当作傀儡而已。知道这个背景后，看到这位一国之君的寝宫和我住的酒店房间大小相若，我也不奇怪了。

↓横亘在黄泥水湄公河旁的这座古城

遗忘的淳朴

老挝人的老实、乐天，犹如未开放前的中国内地，在飞速全球化的今天，更显珍贵。

宁静、安详是老挝山城古都琅勃拉邦著名的特色，夜市中没有曼谷小贩那种死缠烂打、埃及店家那样假话连篇，也不会像印度商人那么漫天开价。内敛的、不擅英文的小贩手中在绣花，等你开口问，才用计算器开出便宜到晕的价格，引来大量泰籍小贩大手入货。即使你问了不买，小贩也会报以微笑，继续等下一个顾客。

这个佛国虽然人均收入只有中国的1/3，没有人看守的店铺摊档，也没有人偷窃。有次遇上夜市停电，居然没有任何人喧哗，更别提趁火打劫了，大家都安静地等待光明。

吹着久违的淳朴之风，一个人半夜漫步在古城市中心的法国街上，都感到异常的安全和愉悦。

↑从未见过如此安守本分的夜市小贩

泰国人的文化殖民地

在酒店吃过早餐后，我向酒店借了单车，骑去市中心。路上没有什么汽车，空气清新，又有轻风吹拂，很是惬意。去当地最大的商场 Dala Market，一半卖手机、DVD 播放机等中国货品，一半没开门。

正在纳闷，看见一间杂货店外有人在看中央电视台的普通话节目，走过去问那个坐在竹椅上的小伙子："你会中文吗？"

他笑起来了，原来他是湖南人，和爸爸、哥哥不远万里，由昆明坐 24 小时的长途巴士来这里做小生意。每个月都回国进货，卖拖鞋、胶水盆、牙膏等日常生活用品。

“这里生意不好做，老挝店主都走了，剩下的店主都是中国人，卖便宜的中国货。”刚好中午了，他就拿出个饭盒自顾自地吃起来，还问我要吃吗?

“好在近年很多有钱的泰国游客周末来这里度假！泰铢很受欢迎，泰国人都很有钱。本地人什么都跟泰国风，看泰国电视剧、听泰文流行曲，连年轻人的时装，都在跟曼谷杂志！”

原来，琅勃拉邦对于泰国人来讲，是香港人的珠三角，是一个很近便的休闲胜地。怪不得，夜市卖的手绣画上，尽是本地的淳朴农村田园生活，远处就绣有大飞机及Bangkok（曼谷）的字样，代表村民心目中外面的繁华世界。我的有限的泰文，完全可以在夜市派上用场，因为小贩都会讲泰语，反而没几个会讲英语的。

“这里太热了，老外白天都睡觉，没人来买东西。他们晚上才出动，整条法国街都是做老外和泰国人生意的，生意比这里好十倍。我们晚上也去法国街打地摊卖咖啡。”湖南小伙说道。

↓极热的白天，街道上少有行人

攀喜风筝山是法国人管理的五星级酒店，住的多是欧洲游客↓

中国人，真的很勤劳，在这个慵懒炎热的穷国家，也要一天做两份工！

出来后，烈日当空，那我还是学老外吧，就走回了攀喜风筝山酒店。38℃的气温下无瓦遮阴，热辣辣的大街上，我汗流浃背，跳进山边森林包围的一个天然绿水游泳池，暑气全消。挥手一拍，骄阳下的池水如钻，折射出耀眼的光彩。一出水，已有侍应用微暖的大毛巾铺好了太阳椅，再奉上柠檬草香味的冰冻毛巾，一杯免费冻饮，还有一支冰冻的喷面 Tonic Water（汤利水）！

然后，去荷花池畔做一个有机疗养，用天然的食材，如芝麻、糯米、生姜、椰丝、香茅等来按摩，令我舒服得睡着了，梦中自己变成了一块松弛的香茅猪扒！

回到原始森林中的柚木小屋，一开门就已有调好的冷气，满窗尽是翠绿山林以及山顶的金色佛塔。室内装修豪华，连门锁都是意大利进口的顶级名牌。令人不想离开了。

轻舟已过万重山

第三天，城内的景点已经逛完了。我决定出城去玩一下。琅勃拉邦的郊外景点只有两个，各需半日时间。两个景点都可循陆路或河道到达，所以最好一个坐船，一个坐车，可以看到不同的景致。

一个是 Pak Ou Cave（千佛洞），是坐落在湄公河上游岸边的两个岩洞，1545 年被国王发现后，用来供奉蛇神 Naga。后人也将自己许的

千佛洞的佛像众多↑

愿放入大小不一的佛像，上洞多达1500尊，下洞多达2500尊，自行放置于山洞中，颇为零乱，由于不少是古董，所以被游客偷了不少。

更为吸引人的是路程，由于攀喜风筝山酒店提供私家快艇，由琅勃拉邦沿江而上两小时，都有侍应沿途提供五星级服务，不时送上冻饮和小食，然后在高速开动的船上示范扎马步冲茶，真是好功夫。河风送爽，两岸林海雾中行，轻舟已过万重山。

虽然是同一条大江，相比我在泰国、越南和柬埔寨的湄公河船游，老挝的这一段，绝对是这条亚洲最重要的跨国大江保持了最原始风貌的一程。在东南亚高速工业化的今天，没有一间工厂或建筑物且零污染的湄公河更为吸引人。两岸参天古木，诉说着千年来同一的故事，还有五

↑老挝境内的湄公河景色千古不变

彩的翠鸟（King Fisher）跟着我飞呢！

瀑布伴奏吃野餐

另一个景点是Kuang Si（发音和“广西”相似）瀑布。离市区25公里，第二层瀑布有十几米高的落差，不算壮观，但瀑布下的清澈水池，成了天然的游泳池。我和欧洲游客都有备而来，纷纷换上泳衣跃入水潭中。

我们的跳水台就是树干上的一条绳子，荡到水潭中间就跳下去，清凉透心。和我一起玩水的还有一对爱尔兰来的小情侣，来琅勃拉邦玩了四个月，还不肯回国，真令我羡慕不已。

最高的第三层瀑布最大，有30多米高，响声震天，瀑布下水雾弥漫，成为当地人的野餐胜地。游完水肚子咕噜叫，攀喜风筝山酒店已准备了午餐便当，由于草地上的公用木桌有限，侍应向一早来霸位的当地人“买”了一个木桌，好让我不用坐地上野餐，然后递上冰冻的毛巾及饮料，让

↑一跃跳入瀑布深潭

我十分感动。打开巨大的便当木盒，前菜有精致的竹筒凉粉，还有沙律、三明治、水果、甜品等。在瀑布声伴奏下的午餐，果然有惊喜！

由于前往瀑布是乘汽车，沿途停了两个村寨，一个是蒙村，是蒙古人的后代，我见有人在烧金银衣纸，证明和中原文化一脉相承。小孩子赤脚跑来跑去，没有人兜售，摆好姿势让我拍了半天照。

另一个是老同村，老同族是老族的一个分支。和蒙村一样，村民住的茅草屋十分简陋，没有电力，自来水也是共享的。旅游业还没有起步，村民都羞涩地坐在地上等游客买东西，没有人主动搭讪或追逐游客。

途中遇到卖放生麻雀的小孩，我买了两笼放生。回港后看相片，才知道他们没鞋穿。

每一个国家人民的素质，是影响国家形象的关键。民风淳朴，绝对是老挝的一大卖点。

去街边吃碗河粉，欧美游客享有和本地人一样的平价，0.5 美元，还有无限量的香草、鱼露免费供应。完全没有人打算敲游客竹杠。如果你经历过桂林竹杠店、三亚的海鲜宰客店，就明白老挝虽然穷得连一条像样的公路也没有，但穷得可爱，穷得可贵。每一个镜头下无偿的微笑面孔，更可洗涤城市里的心灵。同当地人聊天，他们认为泰国是很富裕先进的国家，越南的工业相当发达，中国更是名牌输出国，例如中国产的红塔山香烟就是老挝富人身份的象征。

这个很多港人闻所未闻的内陆山城琅勃拉邦，有友善老实的老挝人、平价美味的餐厅、超级宁静的夜市、风格斑斓的澜沧建筑，加上

↑蒙村儿童的笑脸，让人心灵瞬间净化

美国著名旅游杂志《Travel + Leisure》评选其为全球最佳旅游城市，被联合国教科文组织列为世界文化遗产，还有法国人主理的超豪华La Residence Phou Vao（琅勃拉邦贝尔蒙公寓酒店）和餐厅。在这里四天，一句广东话或普通话都没有听到。由河内或曼谷飞一个小时就到，实在比隐世乐土不丹，更为神秘，更为吸引人。

布施完糯米饭的阿婆，从地上站起，笑眯眯地走回家，像捡到了金块一样心情愉快。

十多个小孩围在大树下玩，还有几个大人，笑声不断，过去一看，原来是因为一颗玻璃弹珠。

寻寻觅觅，久违了的简单快乐，正在此地。

后记

我的香港日记

2014 年金秋

当我踏遍近百个国家，出版了七本旅游书，被香港教协选为“亲炙作家”，被中华书局及“大公报”选为“学生最爱作家”，《新假期》颁发给我“人气旅游博客”及 U Magazine 旅游大奖——“我最喜爱的星级旅游达人”的时候，我的第一本简体版书终于出版了。在此，更多想和你聊聊香港——这个我最熟悉的城市。

最简单的菜，最难做。最熟悉的家，最难写。我已经在香港定居了 30 年，是我在内地居住时间的刚好一倍。这里是我的家，我的亲朋好友、同学同事、爱人大部分都居住在这里，无数喜怒哀乐、笑声、哭泣、歌声、亲吻，像紫荆花一样，散落在铜锣湾、尖沙咀的大街小巷，沙田和西贡的风间树林。

要拾起这么多的朝花，恐怕一本书也写不完。

万水千山走遍，蓦然回首，这个我已经走过十万天的熟悉而亲切的城市，由哪里开始说起呢？

没理由要我这个“老香港”上网抄写“暴走女人街、迪斯尼攻略”的，对吗？

《天天日报》天天早

1985 年 11 月 10 日 / 雨 / 美孚新村

我看你的那一刻，时间就飘过眉尖。

我想你的那一天，空白占据了脑海。

是否失去的，才值得去细细品味？远方的爱人、我的家乡成都，忽地一夜之间由东施变成了西施。

仿佛一场梦还未醒，我已站在九龙美孚的地铁站外——迷途了。

早上不能上学，因为香港有一种特殊的二等教育机构叫“私校”，一个教室分两个时段待沽，我买的是下午班。像我这样从大陆来的四川省重点中学的尖子生，来到这里就是“阿灿”（20 世纪七八十年代香港人对来自中国大陆新移民的俗称，带有贬义）插班生，毫无选择地和那些无心向学的香港最差学生在那里混下午的日子。

但我仍然凌晨五点就要起来，到美孚影都剧院旁边的报摊做“入报纸”的工作，就是把一叠叠的副刊版、娱乐版、财经版、马经版等，折好放入头版的报纸中。我新来，就负责入较少订户、报纸又薄的《天天日报》。

六点折好报纸后，开始派报，我派美孚第一期的 20 多幢大厦。报头上写着“10 幢 4C 曾志伟”，这是我最出名的订户了，但我只需将报纸塞在门槛边，所以从来没见过他，而且也不知道是不是同名同姓的人呢。

报童奇遇记

1985 年 11 月 / 美孚新村

今早派报时下大雨了，我把湿透的伞放在大门口，然后搭电梯到顶楼，跑后楼梯，由顶楼派到一楼。但到了门口，发现我的伞不见了。

有个白头看更伯伯坐在那儿发呆，我过去用普通话问他：“伯伯，你有看到我的伞吗？”他用眼角扫了我一眼，不吭声。

我想，大约他听不懂普通话，我用手势加身体语言，然后他明白了，摆了爱理不理的样子。但他的位置一定看到了谁顺手拿走了我的伞，他只是欺负大陆仔。看见更瘦小的我以怨恨的眼光盯着他，他居然站了起来，大声吼叫：“快点出去！”

我抱起一大叠未派完的报纸，硬着头皮走进滂沱的大雨中，只有用身体遮盖着报纸，继续我的工作。

我每天天未亮就入报纸加上派报纸，一天的总收入才 24 港币，一把伞要 20 港币，是我一天的工资了。

（“伞”在广东话是“遮”，字音完全不同。而香港文人在歌词中常常在“伞”后面画蛇添足加上一个“子”字，以为更加文雅，成为港式特产词——“伞子”。例如，李敏为谢霆锋的《坏习惯》写的第一句歌词：“又下雨了，在门后立着那破伞子，也顿变得重要，听着伞子说……”）

寂寞的 17 岁

1986 年 7 月 1 日 / 美孚新村的海边

来香港后第一个暑假的第一天。除了空洞，还是空洞。

一早来到海这边，带着我的随身听，听潘越云的国语歌，我想飞过大海，飞越天际，去哪里都没关系，离开这个城市就好了，不要听广东话就好了。

这样，这城里的香港人都不必再用那样的眼神看着我，用我瘦小的 17 岁的肩膀承受不了的异样神情看着我。

在成都的时候，没有丁点的留恋，没有一个人值得我多看一眼，天天放学经过田边都忍不住大声唱出来。

“夜幕低垂红灯绿灯，霓虹多耀眼，那钟楼轻轻回响，迎接好夜晚。避风塘，多风光，点点渔火叫人陶醉。”

田边的青蛙都回应我：“在那美丽夜晚，那相爱人儿伴成双。Hong Kong，Hong Kong，和你在一起……”

哦，Hong Kong，真的那么讽刺。来了香港半年，没有一天开怀笑过， 没有遇上一个平视我的朋友，更别提“相爱人儿伴成双”了。避风塘，更是垃圾漂浮的臭水沟，哪里来的渔火和情人？

又被邓丽君骗了。

古堡中的天之骄子

1989 年 9 月 12 日 / 香港大学

早晨在宿舍睡到 1 点，午饭后又睡到 7 点。这样就睡过了我的生日。

如果不是小花的生日卡，我都忘记了今天是我的生日。每天在这美丽的古堡宿舍中，安全地安静地谋杀我的大学青春。过了今天，我就是 20 岁的大人了，免不了怀念我的 19 岁是怎样度过的。

黄棣珊中学的最后几个月，我才开始强迫自己面对人生另一场痛苦—— A-Level 考试。午餐后第一个到川堂，坐一个墙角的单人位，开始默中文，但始终没有中午那么专心和努力。星期六、日和同学相约去机场温书，顶层空旷的停车场、教堂外的走廊、雪白宁静的小教堂，是我一见钟情的建筑物，令我留恋。

还有，还有，那屋角，幽幽的一瞥，飘逸的长发，有意无意地投影在我的波心……

清晨的小黄菊

1996 年 12 月 12 日 / 西贡

一个新的名字——董建华，当选了特区首长，他会带领我们“走出埃及”吗?

清晨的西贡井栏树村，清新怡人，我搬来一个多月了。隔壁在播林忆莲的歌，懒洋洋的，我躺在我自己设计的56英寸的大床上，不想去上班。当看到全屋已铺好我亲自挑选的白色云石地砖，焕然一新的感觉令我又精神百倍。

我开始写全运会的新闻稿了，富士胶卷今年赞助成为指定胶卷。内地市场成为香港公司的新欢，谁也想不到，当年的“阿灿”成了抢手货。

回家途中，我买了一束小黄菊，让她在阳光满溢的窗边，扮演“无印良品”的角色。

圣诞节快到了，请了20多位朋友来我的新居开House Warming（暖屋）派对。还没想到怎样布置，吃什么，玩什么，好紧张!

我的避风塘

2006 年 7 月 1 日 / 骤雨 / 九龙尖沙咀

一阵狂风骤雨，带领我来到躲雨的屋檐下，扭头看见有个巨大的金漆招牌，下面一张白纸，写着“倒闭”。我才后悔，多年来每天都经过这家餐厅，都想去试试，一直没有付诸行动。

招牌上三个金色大字“避风塘”，令我耳边响起那久远了的温软轻柔的歌声，由上个世纪 80 年代飘过来。

“避风塘，多风光，点点渔火叫人陶醉。在那美丽夜晚，那相爱人儿伴成双。Hong Kong，Hong Kong，和你在一起……”

这是1977年，邓丽君的唱片《岛国之情歌第四集——香港之恋》中的一首叫《香港之夜》的歌曲。在上世纪80年代，邓丽君的歌曲在国内的年青一代中风靡，使用刚刚由香港带回的卡式录音机，在学校、在家里，天天不停地播。我每天在放学回家的小路上，都哼唱着《香港之夜》，心想，哪一天，我可以去香港的那个避风塘，和爱人相伴看渔火呢？

在这家风雨中倒闭了的避风塘餐厅外，我又哼起了“避风塘，多风光……”转眼间，我已来港 20 年了。我清楚，今天真正的避风塘，也不怎么好风光。但香港和香港之夜，是全世界最美丽的风光。

值此 20 周年，送给我深爱的——香港，生日快乐！

命运的转角处

2009 年 1 月 7 日 / 西贡

我选择了2009年的新年开始我的博客，虽然，对写日记20年的我来说很迟，但总好过永远在深夜自己的睡房和自己对话吧？

2008年大概不是我想回顾的一年，大家都不想吧？

但写作方面，却是丰收的一年。

例如，在深秋的某一天，命运的转角处，忽然——

明明是秋天了，为什么还感到热烘烘的悸动？

一池塘的止水，无风却也泛阵阵涟漪。

太多的不应该、不可能，但是，命运的捉弄，偏偏又发生了。

温暖和煦的秋风令人心悦。不可理喻的事，总会突如其来地站在我面前，让我不知所措。

连这美好的金秋天气，也在讥笑我了。

粉黛入怀，焉能不乱？最后倦鸟知返，由得花踪叶影，随风去了。

但有跌宕起伏心情的文字才有杀伤力。所以，年底我连续写了三篇秘鲁游记，陆续在《苹果日报》、《都市日报》和《经济日报》获得全版或跨版刊登，稿费虽然比起内地的报刊还要少，但是，要囊中羞涩的香港编辑不用自己同事的旅游稿，付钱买一个不知名自由撰稿人的外稿，少一分杀伤力也不成呢！

那年的落叶，又黄了，又红了。

那年的阳光，如蜜般，金黄了。

我要向前走，踏在那年的足印上。

希望2009年，除了给我幸福和快乐，还掉下一点点的跌宕起伏吧！阵阵涟漪让我的笔插上双翼，可以继续写出澎湃汹涌如入无人之境的文字吧！

即使这些天降的不幸，会令我伤心忧郁闷闷不乐，但瞬间我仍会喜形于色，飞上天堂。

夜深的时候，勇气枯萎了，剩下的，只有孤独疯长了。

我们的主题曲，不停地在脑中回响着、回放着，滋养着我的思念。

你还好吗？

春风吹上了我的脸

2012年7月3日 / 尖沙咀

夏至的时候，为什么吹到我脸上的是——春风？

你的眼睛，你的眼神，你的微笑，吹起这平静如镜的万里绿波，泛起了甜味的春风。

不知道从哪一天开始，我的心，每一寸都被你完全占领。

不知道从哪一刻开始，我的眼睛，只有你一个人吃雪糕的样子。

昨晚，我又重复了你的名字，十几遍，是在梦中。

于是，我早晨起来，第一件事，又是看你的 Facebook（脸书网），希望你的笑容，唤醒我沉睡的心。

希望有一天，总有那么一天，醒来，第一个见到的人，是你。

谢谢你，香港！

2013 年 8 月 19 日

无名的忧愁，像春天的晨雾，无缘无故地弥漫在闷热的盛夏写字楼空间。

乐观的我原本应该心怀无尽的满足和狂喜，因为 2013 年的书展是我五年写作生涯最成功的里程碑：三家大出版社都与我签约，出了三本新书，两本在书展中脱销，忽然首次成为畅销书。今年香港书展前后，有十多场书店 / 会展讲座、处女作签名会、处女作书展个人讲座、很多媒体曝光、多了很多粉丝和商业赞助，还有商演，然后商讨简体版。

书展过后，我马不停蹄地跑了一次北欧和一次南美。

今天才真正停下来，我忽然很彷徨，很惆怅。

起行吧

2014 年 8 月 1 日

匆匆忙忙，青春的身影忽然闪过，当我的手机镜头才打开，寂静无声之中，已经是漆黑一片。

白驹过隙，成长的时间每天都以光速前进，小学紧贴着中学的背脊，有些残酷，无法阻挡。

在升初中的前一天，你若有所思，指着自己小学一年级的相片说：“那是幼儿园时拍摄，我明天升小一！”

为了你继续快乐地成长，开心地衰老，我必须告诉你：“我最亲爱的，你知道吗，短暂，就是构成长久的一部分。无助，才是人生的真正色调。如果时钟停摆了,美好就会凋零。如果我们无所不能，能将时间倒拔，谦卑就不会是人类的美德。”

佛陀认为人生有八苦，生老病死、爱别离苦，说来说去，基调是苦。人生苦短，中国人的人生特别苦，也特别短。翻开中华的通史，每一页都是痛苦残忍悲伤苦涩，凝成民族3000年的基因。由孔子到朱熹，中国人一直在找寻快乐的配方。找不到，就派徐福、唐三藏，向外国取经，也不成。

所以，我大学毕业后不看中史，开始旅游，云游各国后，从欧洲到美洲、南极到北极，追寻人生真理。万国之中，最懂生活的人种是拉丁裔，由古巴到阿根廷，快乐的沸点很低，悲伤的门槛很高，这不关工资、手机、跑车、豪宅的事，关键是心态。朋友，起行吧!!

每次出发前，

记得为足下之行织一条人类文明的纬线。

如此，

才不辜负旅行本身的神秘和诗意！